ベリーズ文庫

御曹司と再会したら、愛され双子ママになりまして
～身を引いたのに一途に迫られています～
【極甘婚シリーズ】

皐月なおみ

STARTS
スターツ出版株式会社

目次

べりが丘タウン
BerigaokaTown Map

病院

国内外から優秀なドクターが集められている総合病院。セキュリティやサービスの水準も高い。

ツインタワー

べりが丘のシンボルタワー。
低～中層階はオフィスエリアで、高層フロアにはVIP専用のレストランやラウンジがある。最上階には展望台も。

ホテル

全室オーシャンビューテラス付きのラグジュアリーホテル。高級スパやエステも完備している。

由緒ある高級住宅街

緑豊かな高台に高級住宅や別荘が立ち並ぶ閑静な町並み。大企業の社長や資産家などがこの地を所有している。

会員制オーベルジュ

アッパー層御用達の宿泊施設付きレストラン。駅近とは思えない静寂さを感じる隠れ家リゾート。

ショッピングモール

流行りのショップやレストランが集まった人気施設。近くにはヘリポートがある。

某国大使館

大使館で開催されるパーティには、日本の外交官や資産家が集まる。

サウスパーク

海が望める大きな公園は、街で暮らす人の憩いの場。公園の西側には一般的な住宅街が広がっている。

御曹司と再会したら、愛され双子ママになりまして
～身を引いたのに一途に迫られています～
【極甘婚シリーズ】

プロローグ

静まりかえった昼下がりのオフィスにて、社員一同が見守る中、自分に近付いてくるコツコツという足音を真山有紗《まやまありさ》はうつむきながら聞いている。

そんなはずはない、なにかの間違いだと頭の中で繰り返しながら。

鼓動が嫌なリズムを刻み、拳を作った右手が震える。

一カ月前から働きはじめたここ『花田《はなだ》文具株式会社』は、一歳の双子をひとりで育てるシングルマザーの有紗を雇ってくれた唯一の会社だ。その花田文具が、買収されたと聞かされたのが数分前のこと。

買収元は、国内最大手、『天瀬《あまがせ》商事株式会社』。有紗が二年前まで勤めていた会社である。

買収によって古巣に戻る。

それだけで有紗は、こんなに怯えているわけではない。

靴音の主は、買収後も社員の雇用の継続と雇用条件の維持を約束した。そしてこの中にひとりだけ本社へ異動させたい人物がいると告げ、その者を目指して歩いている。

皆が固唾《かたず》を呑《の》んで見守る中、靴音《くつおと》は有紗の前でぴたりと止まる。

「真山さん、君は本社へ転属してくれないか」

異動を告げる低い声に、有紗はこくりと喉を鳴らしてゆっくりと顔を上げる。

声の主は、静かな眼差しで有紗を真っ直ぐに見つめていた。

天瀬商事株式会社、代表取締役副社長、天瀬龍之介《あまがせりゅうのすけ》。

二年前まで有紗の上司だった人物だ。

「私の秘書に戻ってほしい」

突然の申し出に有紗は答えられなかった。会社の実質トップにいる彼からの要求には逆らえない。

それでも頷《うなず》くことができないのは、彼が、かつて有紗が一夜の愛を交わした相手だから。有紗の双子の息子たちの父親だからだ。

あの日とまったく変わらない誠実な色を湛えた彼の瞳を見つめながら、有紗ははじめて彼と話をしたあの日のことを思い出していた。

第一章　愛さずにはいられなかった

国内屈指のセレブが集まる街、ベリが丘。

その象徴とも言えるツインタワーがそびえ立つビジネスエリアに、天瀬商事株式会社の本社ビルはある。

六階のフロアで、有紗はツインタワーを横目に一心不乱にパソコンに向かっている。数時間前にジャカルタ支社から送られてきたばかりのデータを、明日の役員会議に資料として使えるように整えているのだ。

ただそのまま打ち込むだけでなく、昨今の世界情勢を踏まえた分析を要所要所に加えながら、読み手がわかりやすいように仕上げていく。

有紗が好きな作業のひとつである。

天瀬商事は、旧財閥である天瀬家が経営陣に名を連ねる歴史ある企業で、世界中に支社があり、日本経済を牽引する企業だ。

世界各国の支社から送られてくる情報とデータを分析し、サポートするのがここ海外事業部の主な業務で、自ずとフロアは昼夜問わず戦場のような忙しさだ。

一般職として入社し、海外事業部アジアエリア課に配属されて二年目の有紗は、主に総合職の社員たちのサポート業務についている。

言われたことをこなすだけで精一杯だった一年目に比べたら、自分の頭で考えて動けることも増え、充実した日々である。

おしゃれや派手な遊びにはあまり興味がなく、真面目が取り柄の有紗は、紺色のスーツに身を包み、黒いミディアムヘアをきっちりとひとつ結びにしている。

「それにしてもそれギリギリすぎない？　ったく、ジャカルタは毎回毎回……」

隣の席に座っている先輩の丸山《まるやま》が、不満げに呟《つぶや》いた。データが会議の一日前に送られてきたことをぼやいているのだ。有紗より二歳年上の彼女は有紗が新卒の頃の教育係だったから、今もこうして有紗の業務を気にかけてくれている。確かに、あと一日早く送ってくれていたら、こんなことにはならなかった。

「支社の連中って本当に、本社《こっち》のことを考えていないよね」

「ですね。でも情報はなるべくホヤホヤがいいとは言いますから」

手を止めず画面を見たまま答えると、丸山が心配そうに聞く。

「大丈夫？　ひとりで間に合いそう？　手分けしようか」

「ありがとうございます。大丈夫です」

有紗は迷わず答えた。自分の力量は正確に把握している。このくらいの量ならば、確実に今日中に終わるだろう。

丸山が感心したように息を吐いた。

「本当に仕事が早いよね、真山さん。新人研修の時に目をつけて、人事部長に直談判して配属してもらったっていううちの課長に感謝だわ」

大袈裟《おおげさ》なことを言う丸山に、有紗は苦笑する。

「買い被りすぎです。私はまだまだですよ。やっと仕事に慣れたところですし」

商社勤務は、早い人で五年、十年かかって一人前になると言われている。有紗は総合職ではないが、二年目など赤子に毛が生えたようなものだ。

「そんなことないよ、真山さん優秀だから、十分助かってる。立派な戦力だよ」

「そう言ってもらえるのはありがたいですが」

「でもそのくらい優秀なら総合職も狙えたんじゃない？　どうして一般職を受けたの？」

丸山からの質問に、有紗は手を止めて少し考えた。

「考えなくはなかったんですが、総合職より一般職の方が自分には向いてるような気がしたんです」

昔から真面目だけが取り柄だった有紗は、やればやっただけ結果が出る勉強が好きだった。テストの点数はよかったが、代わりにディベートやスピーチなど、自己主張が必要な人前で話すタイプの課題は苦手だったのである。

世界中に支社があり労働環境がずば抜けていい天瀬商事は、就職活動において第一志望だったが、総合職に就いて取引先と渡り合えるような自信はなかった。逆にそういう社員を支える仕事内容に魅力を感じたのだ。

「どちらかというと、自分が前へ出るより誰かのサポートをする方が好きなんですよね」

「そうなんだ。そういえばこの前真山さんが出張に同行した金崎《かねさき》くん、真山さんのことめちゃくちゃ褒めてたな。すごくやりやすかったって」

金崎は、近々ニューヨーク支社への出向が決まっている海外事業部でも期待の若手社員。仕事は的確で丁寧で、ひたむきな努力を欠かさない、海外事業部のホープだ。

「出張同行ははじめてで、ご迷惑をおかけしたかもしれないのに、嬉《うれ》しいです。それにとっても勉強になりました」

「次も真山さんがいいって言ってたよ」

丸山がにっこりと笑ったその時、フロアの入口が騒がしくなったような気がして、ふたりして振り返る。

背の高い男性が、コツコツと靴音を鳴らしてフロアに入ってきた。

「わっ！　副社長だ」

丸山が少し弾んだ声を出した。

彼女と有紗だけでなく、他の者も皆彼に注目して、心なしか落ち着かない表情になった。

部屋に入ってきたひと際目立つ人物は、副社長の天瀬龍之介。天瀬商事の現社長天瀬一郎《いちろう》のひとり息子だ。

将来の日本経済を引っ張っていくであろう存在として財界では注目されている人物で、経済誌にもたびたび特集されている。

実際、彼が副社長に就任してからの天瀬商事は、やや弱いと言われていた中央アジアエリアの業績を大きく伸ばしていて、過去最高益を更新し続けている。すべて、龍之介が海外駐在員時代に培った人脈と経験に基づく経営判断の功績だ。

しかも彼が注目されているのは、その実力だけではない。

百八十センチの長身に、少し癖のある黒い髪、黒い切れ長の目に高い鼻梁、いつも優雅な笑みを浮かべている形のいい唇。モデル顔負けと言われるほどの容姿で、表紙を飾った号は経済誌にもかかわらずすぐに売り切れてしまう。

全身から自信が満ち溢れていると言わんばかりの彼の姿に、有紗は反射的に目を伏せた。

「お疲れさまです、副社長」

課長の浜田《はまだ》が、龍之介に声をかける。

彼はそれに笑顔で応えてから口を開いた。

「急ですまない、少し時間が取れるんだ。手が空く人がいたら、ランチでもどうかと思って」

低いけれどフロアによく通る声でそう言って、彼は皆に視線を送る。

社員たちがますますソワソワした。

龍之介は大企業の役員にしては珍しく、一般社員との交流を大切にすることで社内では知られている。

とくに会社の心臓部とも言われている海外事業部には、都合のつく限り上層階の役員室から下りてきて、話をして現場の社員の意見を吸い上げる。たいていは昼時で、ランチミーティングと称して、ツインタワーにあるレストランでランチをご馳走してくれる。

そこでは、報告書に上げるまでもないような些細なことが話題にのぼるという話だが、彼は熱心に耳を傾けているのだという。そこから実現した労働環境の改善や新規プロジェクトも少なくはない。

だからこんな風に彼がフロアにやってくると皆、出席したくてソワソワする。

「来週あたり、業務が山場になるだろう？　その前に、皆の機嫌を取っておこうかと思ってね」

軽口をたたいて、龍之介は優雅に笑う。

旧華族の家柄に生まれて、いずれは大企業のトップに立つ人間だが、高慢なところは微塵もない。それどころか、社員を大切にし、気遣いを忘れない人格者だ。

海外事業部は激務で、ともすると離職率が高くてもおかしくはない部署だ。が、龍之介が本社の指揮を執るようになったここ数年は、誰ひとり辞めていない。

それは、海外支社を飛び回り、現場で経験を積んだ龍之介の経営判断が的確だからだとも言えるが、それだけではないだろう。皆、彼のカリスマ性とリーダーシップに魅了されて、この人のもとで働きたいと思うのだ。

「じゃあ、キリがいい人は行っておいで」

龍之介からの提案に、浜田が皆に言う。三十人ほどいる社員の大半が立ち上がった。

「ランチか、どうしようかな。私は行けるけど……」

丸山が呟いて、チラリと有紗を見る。

行きたいけれど、急ぎの仕事に取り組んでいる有紗に遠慮しているのだ。

有紗はすかさず口を開く。

「丸山さんは行ってください。私、大丈夫です」

「え？　いいの？」

「はい。人が少ない方が集中できますから」

有紗が言うと、丸山はやや申し訳なさそうにしながらも立ち上がる。

「ありがとう、今度埋め合わせするね」

そう言って丸山はすでに人が集まりだしている龍之介のところへいそいそと歩いていく。数名を残して彼らは去っていった。

静かになったフロアで、有紗はさっそくデータ入力に戻ろうとする。

そこへ。

「真山さんは、行かなくてよかったの？」

声をかけられて振り返る。浜田がにこにこして立っていた。

「はい、これキリのいいところまでやってしまいたいので」

「だけど君ならそのくらいランチに行った後でも十分に間に合うだろう。真山さん、副社長のランチミーティングに行ったことないでしょう」

「う……はい……すみません」

浜田の指摘に有紗は反射的に謝った。

彼の言う通り、有紗は龍之介のランチに一度も参加したことがなかった。いつもなにか適当な理由をつけてオフィスに残ることにしている。

「いや、謝ることはないよ。べつに仕事じゃないんだし。ただ珍しいなと思っただけで。副社長のランチには女性社員はとくに行きたがる……いやこれ以上言ったら問題になるな」

そう呟き、口を閉じる浜田に、有紗はくすりと笑みを漏らした。

確かにこれ以上言うと問題になるが、今彼が言った通り、女性社員の中には龍之介と個人的な話をしたいという理由で参加する者も少なくない。

「内緒にしておいてくれるかな？」

「もちろんです」

笑いながら有紗が言うと、浜田は安心したような表情で言葉を続けた。

「まぁ、あれだけの方が独身なんだ。周りが落ち着かないのも仕方がない。……とはいえ副社長もいいお年だから、そろそろ縁談があってもよさそうなものだが」

龍之介は三十歳。いつ結婚してもおかしくない年齢と言えるだろう。実際、天瀬商事の後継者として正式に役員に就任してからは、社員たちの間でも彼はいつ結婚するのだろうといった話がちらほらと出はじめた。だが今のところ具体的な発表はない。

「お相手はすごい人になりそうですね」

先ほど社員たちに囲まれていた完璧な彼の姿を思い出し、有紗は素直な感想を口にした。

有紗に、彼のプライベートなど知るよしもない。だがそんな有紗でも把握しているほど、彼の華やかな女性遍歴は有名だった。

龍之介は、財界人の間だけでなく世間でもちょっとした有名人なのだ。

旧華族、天瀬家の御曹司である彼は、海外駐在時代は各国の社交界に顔を出して人脈を築いたのだという。

そこで彼は数々のロマンスをスクープされている。

あまりゴシップに興味のない有紗が把握しているだけでも、ヨーロッパ王族の娘、ハリウッド女優、石油王の娘などなど……。たびたび海外のタブロイド誌の誌面を賑わせていた。

彼の特徴である切れ長の目に見つめられると、どんなにプライドの高い美しい女性でも、彼の足元にひれ伏すのだという。そんな彼の結婚相手が普通の女性では務まらないのは確かだった。

「まぁ、そうだろうね。だけど恋人ならともかく結婚となれば話は別かもしれないよ。なんといっても天瀬家は、旧華族のお家柄だ。派手な相手より……いや、どちらにしても、僕たちが心配することではないか」

そう言って浜田は頭をかいて笑い出す。

有紗もつられて笑った。

「そうですね」

「じゃあ、それ頼むよ。なにかあったら言ってくれ」

そう言って浜田は自席の方へ歩いていく。

有紗はまたデータ入力に戻った。

一心不乱にパソコンへ向かうこと三十分。区切りのいいところで手を止めて、有紗はコキコキと首と肩を回した。集中して作業をするのは得意だが、肩が痛くなるのは困りものだ。

背もたれに身を預けて、窓の外を眺める。まだ二月だというのに今日の日差しは暖かそうだ。ツインタワーに目を留めて、さっきの浜田との会話を思い出した。

龍之介とのランチミーティングに有紗が一度も参加していないことを、把握されていたのが驚きだった。そもそも龍之介のスケジュールが読めないため、ランチミーティングが開催される日はランダムで、誰がいつ参加したなど記録にも記憶にも残っていないはず。そう思って安心していたのだけれど……。

さっき浜田が言った通り、ランチミーティングは仕事ではない。だから参加しないことを今まで咎められたこともなかったし、この先もないだろう。

だからといってそれでいいのだろうか？

ここ海外事業部の業務は激務だ。乗り越えるためにはチームワークも必要で、はみ出すようなことはしない方がいいに決まっている。できる範囲で参加する方がいいことはわかっていた。

――やっぱり、参加した方がいいのかな？

べつにランチに行くくらい、なんでもない。丸山の話では堅苦しい雰囲気は一切ないということだし、自分では絶対に行けないような高級なレストランへ連れていってもらえるのだ。他部署の同期からは、羨ましがられるくらいだった。

それでも有紗が参加をためらっている理由は、他でもない、主催者である龍之介だった。

天瀬龍之介。

圧倒的なリーダーシップとカリスマ性を欲しいままにする存在。

社内の誰もが憧れて彼のもとで働きたいと願う、上司として非の打ちどころがない人物。

だが有紗は、彼に対して苦手意識を持っている。

午後の日差しに照らされたベリが丘の街を眺めて、有紗はため息をつく。

いつまでも過去の出来事に囚われている自分が情けなかった。

正確に言うと、有紗は、彼個人が嫌いなのではない。そもそも直接話をしたことすらない。ただ、彼のようなリーダーシップのある華やかな立場にいる人物が苦手というだけだ。

原因は、高校時代に経験した淡い初恋だ。

高校二年生の時、有紗は生徒会で書記をしていた。真面目だということで先生から推薦された役割だったが、活動自体は好きだった。誰かをサポートする仕事が楽しく、自分に合っているという今の仕事への原動力になっているその思いを培ったのは、この経験だったと思う。

そこで有紗は、当時会長をしていた男子生徒に恋をした。

カッコよくて、誰に対しても分け隔てなく接し、優しくリーダーシップのある彼は、全校の人気者。真面目で地味な有紗にも気軽に声をかけてくれて、あっという間に好きになってしまったのだ。

もちろん有紗は自分が彼と付き合えるなんて思っていたわけではない。生徒会のメンバーだからこそ話ができるだけで、そうでなかったら普段の学校生活では口をきくこともない相手だ。告白をするつもりもなかった。

ただ思っているだけで幸せだった、淡い初恋。

それが苦い思い出に変わったのは、彼への恋心に気が付いて半年が経った、ある冬の日だった。

放課後、生徒会室に忘れ物を取りにいった有紗は、部屋の前の廊下で、彼と彼の友人の話し声を耳にして、そっと足を止めた。

『真山さんって絶対お前のこと好きだって。会議の時、ずーっとお前のこと見てるじゃん』

友人の指摘に、有紗は心臓が飛び出そうな心地がした。頬がカァッと熱くなる。隠していたつもりなのに、気付かれていたなんて。盗み聞きなんてよくないと思いつつ、息を呑んで、大好きな彼の返答に耳を澄ませる。

はたしてそれは、想像以上にひどいものだった。

『マジで？　それはちょっとキツいわ』

うんざりとしたその声は、普段の彼からは想像もつかないくらい冷たい。

『なんでだよ。真山さん、地味グループで真面目すぎるけど、よく見たらかわいくない？　サッカー部の友達が好きだって言ってたぜ』

『知らね。地味って時点で眼中にない。俺、真面目な女嫌い。マジ興味ない女は、見てるフリして見ないようにしてるもん。で、話が終わったらすぐに記憶から抹消する』

『マジで？　ひでぇ！』

ひどい会話の内容が有紗の胸をグサグサと刺す。もうこれ以上聞きたくない、耳を塞ぎたいと思っても、あまりの衝撃に身体が動かなかった。

自分と彼は釣り合わない。

そんなことは知っていた。でも直接彼の口から聞くと、衝撃は想像以上だ。

『にしてもお前、相変わらずだな。裏表ありすぎ！　俺、お前が真面目な顔して全校集会で話してる時、笑いをこらえるの大変なんだぜ』

『生徒会なんか受験のために決まってるだろ。いい顔してる方が得なことが多いんだよ。騙される方がバカ。ちょっと優しくしただけで勘違いするから、地味子はうっとうしい』

『最低だな！』

なにがおかしいのか、彼らはギャハハと笑い出す。

自分に対するひどい評価もショックだが、なにより明るくて優しい学校の人気者の彼の裏の顔が怖かった。

『あんな地味子、俺を好きなんて百年早えよ。鏡見てから言えって感じ』

最後に言い放った彼の言葉が、今も耳に残っている。

その日から有紗は、すっかり恋愛に臆病になってしまった。

叶うなんて思っていなかった。

ただ見ているだけでよかったのに。

好きになっただけで、あんな思いをするくらいなら、もう一生恋なんてしたくない。

男性とは最低限の関わりだけ。プライベートで親しくなるのは避けて、それまで以上に、真面目に勉強に取り組んだ。

社会人になった今も、合コンに近いものや出会いを求めるような類いの飲み会は断っている。

とくにあの彼のように目立つような人物に対しては、ほとんど無意識のうちに距離を取る癖がついていて、仕事だとしても身構えてしまう。だから龍之介のランチミーティングへの参加をためらっているのだ。

——でも子供じゃないんだから、いつまでもつまらないことにこだわるのはやめないと。

有紗は自分に言い聞かせる。

次に機会があれば、参加しようかな？

そんなことを考えていると。

「お疲れさま」

声をかけられて、有紗はびくっと肩を揺らす。振り返ると、龍之介が男性秘書を伴って立っていた。

「ふ、副社長!?」

人が少ない静かなオフィスに、少し大きな有紗の声が響く。今の今まで考えていたその人が現れて、ミスを咎められた時のように、有紗の胸はバクバクと音を立てた。

「お疲れさまです。……お戻りですか？　皆さんは？」

有紗は落ち着けと自分に言い聞かせながら問いかけた。

彼らがランチに出てからしばらく経つ。戻ってきてもおかしくはない時間だが、それにしても一緒に行った他の社員がいないのが不思議だった。

「電話が入ったから、少し早く抜けてきたんだ」

「そうですか」

戸惑いながら有紗は答える。胸の鼓動はまだ落ち着かない。海外事業部の総合職なら話をしてもおかしくない相手だが、一般職の自分にその機会がやってくるとは思わなかった。

「君は、真山さんだね？」

問いかけられて、有紗は一瞬言葉に詰まる。彼が自分の名前を口にしたことに驚いたからだ。

「は……い。ご存じなんですね」

思っていることがそのまま口から出てしまう。彼が、ランチミーティングに出たこともない自分の名前を把握していることが驚きだった。

「全社員とまではいかないまでも、海外事業部の社員はね」

こともなげにそう言って、彼は、有紗のパソコンのモニターに視線を移す。

「それは、ジャカルタ支社からのデータ？　届いたのか、何時に？」

「今日の九時頃です。明日の役員会議に間に合うようにまとめています」

「なるほど」

彼は有紗の机に手をついて、画面をジッと見つめる。

少し近くなった距離、ほのかに甘いムスクの香りをふわりと感じて、有紗の胸がドキリとする。遠くから見る彼は完璧だが、近くから見ても感想は変わらなかった。

綺麗な横顔、モニターを見つめる真剣な眼差し。

普通の社員など望みはないとわかっていても、お近付きになりたいと皆が思うのも納得だ。

龍之介がモニターから目を離し、有紗に視線を戻した。

「九時に送られてきたデータをここまでまとめたのか。君ひとりで？」

「え？　……はい」

答えると目を細めてなにか思案しているような表情になった。

「あの……。どこか不備がありましたか？」

心配になって有紗は尋ねる。いくら仕事が早くてもミスをしては意味がない。

「いや、そうではない」

龍之介が首を横に振って、気を取り直したように有紗を見た。

「完璧だよ。そういえば最近、アジアエリア課から上がってくる資料が見やすくなったと思っていてね。たいてい作成者の欄に君の名前がある」

「え？　あ、ありがとうございます！」

思いがけない言葉に、有紗は驚きながら答えた。有紗にとって仕事を褒められるのはなにより嬉しいことだ。

全世界の事業を取りまとめる彼なのだ。目を通す資料は膨大な量にのぼるはず。内容だけでなく作成者まで気にかけているとは、さすがは敏腕副社長だ。

「せっかく支社から送られてきた貴重な情報ですから、なるべく正しく早くお伝えしたいと思って作成しています」

「ありがとう、助かるよ。私が的確な経営判断を下せるのは、君のような社員が支えてくれているからだ」

龍之介がわずかに微笑んで、またモニターに視線を移し、唐突に話題を変える。

「ところで君は、ジャカルタ支社についてどう思う？　決して悪くない数字だが、この半年横ばいだ」

質問の内容に、有紗は戸惑い、瞬きをする。

データや営業成績の分析については、本来は総合職の領域だからだ。有紗の名前を把握していた彼なのだ。有紗が一般職だということを知っているはず。

とはいえ、聞かれているのだから、答えないわけにはいかなかった。少し考えてから口を開く。

「頭打ち……のようにも思えますが、まだ伸びる余地はあると思います。とくにこのあたりの分野が」

「なるほど。アジア圏ではあまり力を入れてこなかった部分だな」

「はい。ですから、例えば北米チームのノウハウを応用すれば……」

モニターに映るデータを指さして答えると、彼が口もとに笑みを浮かべる。

そのことに気が付いて、有紗は慌てて口を閉じた。他の地域のチームにまたがる意見を言うなんて、なにも知らないくせに生意気だと思われたかもしれない。

ただの雑談に熱くなってしまったのが恥ずかしい。

「あ……なにも知らないのに、申し訳ありませ……」

「いや、そんなことはないよ。それどころか模範解答だ。毎日直接データに触れているだけのことはある」

その言葉に、有紗は一瞬唖然《あぜん》とする。

満足そうに微笑む彼を見て、ようやく褒められたのだと気が付いた。

「あ……ありがとうございます」

龍之介が、優雅な仕草で首を傾げた。

「これはただの興味で聞くんだが、君はどうして一般職を受けたんだ？　以前から私は、君が作成した資料に添付されていた補足データからこの社員は相当知識があるなと踏んでいた。それだけ優秀なら、総合職でも十分結果が出せるだろう」

『ただの興味』と彼は言うが、会社のナンバーツーからの質問だ。有紗は背筋を正して口を開いた。

「……自分には、一般職が向いていると思ったからです。私、自分自身が目立つよりも誰かを支える仕事の方が好きなんです。海外事業部は、優秀な総合職の方がたくさんいらっしゃいます。皆さま優秀な方たちばかりですから、ついていくのは大変ですが、やりがいのある仕事です」

仕事に対する思いを嘘偽ることなく口にする。

昔から真面目真面目と言われ続けて、それが不利に働くこともあったけれど、生まれながらの性分は変えられない。

やればやるほど結果が出るため、有紗は仕事が好きだった。しっかりやれば、ひとりで生きていける。恋愛も結婚もしないでひとりで生きていくことを決めている有紗にとっては、仕事がパートナーみたいなものなのだ。

「なるほど」

口もとに手をあてて、龍之介が呟いた。そのままジッと有紗を見つめる。

まるで値踏みをするような鋭い視線に、有紗の胸がドキンと鳴った。

「あの……？」

会話の途中に訪れたやや不自然な沈黙に耐えきれず、有紗は戸惑い掠れた声を出す。

その有紗を見つめたまま、彼はどこか不敵な笑みを浮かべた。

「決まりだ」

「え……？」

不可解な彼の言動に、有紗は首を傾げるが、彼は疑問に答えなかった。背後の秘書を振り返り、目配せをする。秘書が心得たというように頷いた。

そして彼はまた有紗に向き直った。

「手を止めてしまって申し訳なかった。そのデータ頼むよ。では私はこれで」

「はい……お疲れさまです」

彼はにっこりと優雅に笑って踵を返し、靴音を鳴らして去っていった。

有紗はすぐには作業に戻れずに、彼が出ていった入口を見つめる。今起きたことが、なんだか夢の中の出来事のように感じていた。

──それにしても。

さすがは週刊誌を騒がせた人物だ。

その目に見つめられるとどんな美女も愛を乞うのだという記事を、有紗は大袈裟だと思っていた。タブロイド誌特有の世間の目を引くための作り話だと。でも今は、あながち間違いでもないと感じている。洗練された身のこなしと、部下の業務をしっかり把握している有能さは、まさに完璧という言葉が相応《ふさわ》しい。

そんなことを考えているうちに、入口が騒がしくなる。ランチミーティングに参加していた他の社員たちが帰ってきた。

「お疲れ～」

丸山も隣の席に戻ってきた。

「大丈夫？　なにもなかった？」

人がいない間に不測の出来事はなかったかと心配してくれている。業務上はともかく、なにもなかったとは言えないだろう。たとえ数分のことだとしても役員が立ち寄ったのだ。ジャカルタ支社からデータが届いていることを龍之介が把握していると、念のため伝えるべきかもしれない。そう思い有紗が口を開きかけると。

「わぁ、もうそこまでできたんだ。さすが真山さん」

丸山が有紗のモニターを見て声をあげた。

「その早さならあとは余裕じゃん。お昼まだなんでしょ？　行っておいで。今ならまだ社食開いてるよ」

「はい」

有紗は答えて、データを保存する。

有紗が毎日利用する社員食堂は二時までだ。とりあえず今は丸山の言う通りにして、龍之介が来たことは後で伝えよう。

パソコンをシャットダウンすると、丸山が頬杖をついてふふふと笑ってこちらを見ていた。

「今日もあの中華だったんですか？」

機嫌がいい理由を推測して、有紗は彼女に問いかけた。

龍之介が使うレストランは当然ながらどのメニューも絶品で、彼女はそこの海老チリが大好きなのだ。

「うん、最高だった」

丸山は頷く。だが笑っている理由は海老チリではないようだ。

「ランチでね、真山さんのことが話題になったんだよ」

「え⁉　私が？」

「うん。すっごく優秀だって。確か……そうだ、金崎くんが言い出したんだ。そしたら副社長が興味を持ったみたいで、そういえば『資料の作成者の欄に名前があるね』っておっしゃってた。すごく見やすいって！」

「そ、そうなんですか」

答えながら有紗はさっきの出来事を思い出していた。

突然のことに驚いて気が回らなかったが、よく考えてみれば役員室へ帰るだけなら、海外事業部は通らない。直通のエレベーターがあるからだ。

それなのにここへ顔を出して、わざわざ話しかけてきたのは、ランチミーティングで話題になったから……？

「真山さん、今度はランチに参加してみなよ。副社長、真山さんにすごく興味を持っていらしたから。もしかしたらプロジェクトメンバーに抜擢されるかも！」

「まさか！　でも……次はなるべく参加します」

プロジェクトメンバーの件はともかくとして、やはり次は参加しようと有紗は思う。

さっきのやり取りで龍之介の完璧な仕事ぶりを目のあたりにしたからだ。

彼の仕事に対する姿勢には学ぶべきことが多そうだ。そのような相手と接する機会は滅多にない。苦手意識があるからというだけで遠ざけるのはもったいない。

「皆が口々に真山さんを褒めてさ、指導係の私も副社長から褒められたんだよ！　完全に棚ぼただけど嬉しかった～」

「棚ぼたただなんてそんな。私が皆さんのお役に立てているとしたら、丸山さんに教えてもらったおかげですから」

有紗が心からそう言うと、丸山がにっこりと笑う。

「真山さん、真面目で優秀なだけじゃなくていい子だって副社長に言っておいたからね」

そこで彼女はなにかを思い出したような表情になり、ガッカリといった様子で肩を落とした。

「でも副社長が帰った後、残念な話を聞いちゃった……」

「残念な話？」

「そう。副社長の縁談の話」

「縁談？　ご結婚されるんですか？」

有紗はさっきの浜田とのやり取りを思い出す。彼はなにも言っていなかったが……。

「副社長の新しい秘書がどうやら未来の婚約者らしいの」

「秘書？　……でも副社長の秘書は、確か男性だったんじゃ」

さっき龍之介についていたのも男性だった。

「それは第一秘書。実は社内ではあんまり知られていない第二秘書がいて、『ＪＥＤ《ジェーイーディー》グループ』の創業者一族のご令嬢なんだって」

ＪＥＤグループは、日本で第二位のエネルギー会社だ。

「社会勉強のために入社したらしいけど、彼女が副社長とお見合いする予定らしいよ。金崎くんの同期の先輩が秘書課の人と同期で、その人の……あー、なんだっけ。とにかく噂が回ってきたってわけ。まぁ噂は噂だけど、その第二秘書本人が言ってたって話だから、本当の話なんじゃないかな」

そう言って丸山は、机に突っ伏した。

「あー、日々の楽しみがひとつ奪われた。そりゃ、私が本気で副社長とどうこうなれるなんて思ってたわけじゃないし、いつかはご結婚されると思ってたけど。いざ現実になるとテンション下がる。推しの熱愛が発覚して二キロやせたって言ってた友達の気持ちがわかったよ」

「でも、お見合いならまだ結婚が決まったわけじゃないですよね」

あまりにも落胆している丸山を有紗は慰めるが、彼女は首を横に振る。

「どっちも名門の家柄《いえがら》のふたりだよ？　お見合いなんてきっと形だけ。ほぼ決まりだよ。うちの会社とも繋《つな》がりあるし。政略結婚みたいなもんなんじゃないかな」

「政略結婚……。本当にあるんですね、そんなこと」

自分にはまったく関わりのない言葉だ。やっぱり住んでいる世界が全然違う。

「じゃあ、私、お昼行ってきますね」

気を取り直して声をかける。

机に突っ伏したまま手を振る丸山を横目に立ち上がった。

次のランチミーティングには必ず参加する。有紗はそう決めていたが、結局それは叶わなかった。

一カ月後、有紗に異動の辞令が下りたからだ。

異動先は秘書課で一週間後に勤務開始という急なものだった。通常人事異動が行われる四月を待たずして、それもまったく違う部門への異動は、左遷を意味することもある。

戸惑う有紗に、口頭で辞令を伝えた浜田は、穏やかに微笑んだ。

「心配しなくても君に問題があったからという理由ではない。むしろその逆だ。君の能力と頑張りが認められたということなんだよ」

「認められた……ですか？」

「そう。これは副社長の直々のご指名なんだ。詳しい事情は秘書課で聞くと思うけど、私としても君の能力が活かせる道なんじゃないかと思う。もちろん、海外事業部《うち》としては君を失うのは痛手だがね」

そして迎えた異動初日、秘書課へ出勤した有紗を迎えたのは、有紗がはじめて龍之介と言葉を交わした日に彼についていた千賀《せんが》という男性秘書だった。

互いに自己紹介を済ませた後、彼は有紗を二十人ほどいる秘書課の社員たちに紹介した。その次に有紗を伴い、着席してパソコンに向かっている女性のもとへ行く。

「真山さん、彼女は渡辺詩織《わたなべしおり》さん」

「よろしくお願いします」

有紗が彼女に向かって頭を下げると、彼女は座ったまま値踏みするように有紗の頭からつま先までを見る。最後に勝ち誇ったような笑みを浮かべて言った。

「よろしく」

「彼女には、副社長の第二秘書をしてもらっている」

千賀の言葉に、有紗は丸山から聞いた龍之介の結婚の話を思い出した。龍之介の第二秘書が未来の婚約者だというあの話だ。では彼女が、龍之介の見合い相手か。

改めて見ると、確かに彼女は一般の社員と雰囲気が異なっていた。

完璧に手入れされた明るい色のセミロングの髪と、ラインストーンが入ったピンクベージュの爪先。明るい色のスーツは上品な光沢を放っている。秘書課の社員は役員に同行することも多いから、常に身なりを整えておくのも仕事のうち。だとしても、少し印象が派手だった。

詩織は、もう有紗には興味はないというようにまたパソコンへ向かっている。

「では副社長へ挨拶に行きましょう。部屋でお待ちです」

千賀の言葉に頷いて、ふたりして秘書室を出る。廊下を歩きながら有紗は千賀に尋ねた。

「私の担当は副社長ということでしょうか?」

念のための確認だ。

第一秘書に迎えられ、第二秘書を特別に紹介されたのだから間違いないだろう。そもそも、龍之介が有紗を指名したという話だ。

「そうです。ですが詳しいことは副社長から直接聞いてください」

千賀が茶色い重厚な扉の前で足を止め、ノックする。

「副社長、真山さんをお連れしました」

入室した有紗の目にまず飛び込んできたのは、足元まである大きな窓の外に広がるベリが丘の街だった。

海外事業部がある六階からも街を望むことはできるけれど、最上階からの眺めは圧巻だ。街のシンボル、ツインタワーが日の光に照らされて輝いている。

龍之介は、窓を背に立っていた。

まるでこの街全体が、彼のためにあるような錯覚をしてしまいそうになる風格、圧倒的な存在感に、有紗は息を呑む。

「来たね」

そう言って彼は優雅に微笑んだ。

今日からこの人のもとで働くのだと思うと、期待というよりは恐れのようなものを感じて胸が震えた。

「では、私はこれで」

千賀が頭を下げて退室した。

「そこに座って」

龍之介に促されて、有紗は応接スペースへ移動し、向かい合わせに座る。

緊張する有紗に、龍之介は膝の上で両手を組んで口を開いた。

「待ってたよ。今日からよろしく」

「よろしくお願いします……」

ドキドキしながら頭を下げる。そして、恐る恐る辞令を知ってから疑問に思っていたことを口にする。

「あの、お尋ねしてもよろしいでしょうか?」

龍之介が頷いた。

「私の異動は副社長からのお話だというのは本当ですか?」

「ああ、本当だ。かねてから私は新しい第一秘書を探していたんだ」

意外な言葉に有紗は目を見開く。

第一秘書を探していた、ということはまさか自分がそのポジションに選ばれたということだろうか。

「来月、秘書室長が定年退職する。それに合わせて千賀が、秘書室長に昇格することが決まっていてね。秘書室に他にも社員はいるが、皆他の役員についている。だから別の部署から適切な人材を受け入れたいと思っていたんだよ」

「でも……なぜ私なのですか？」

「以前にも話した通り、書類作成者としての君に私は注目していた。資料の出来がいいだけではなく、担当している資料の多さにも驚いていたんだよ。思わず浜田課長に、真山さんはふたりいるのか？と確認したくらいだ」

龍之介の言葉を有紗は素直に嬉しいと思う。

一般職の社員の仕事は、総合職社員のサポート業務で成績としては表れない。それをこんな風に評価してもらえていたとは思わなかった。

「とはいえ、秘書にとまで思っていたわけではなかったんだが。決めたのは、はじめて君と話をした日だ。あの日、ランチで君のことが話題にのぼってね。金崎くんが出張に同行してもらった時の君の話をしていた。とてもやりやすかったと言って喜んでいたよ」

やはりあの日彼が話しかけてきたのは、ランチミーティングがきっかけだったのだ。

「そういった経緯で私は君に興味を持った。直接話してみて、決まりだと思ったよ」

その言葉はありがたいけれど、買い被りすぎだと有紗は思う。

巨大な企業を率いているカリスマ副社長である彼の秘書が、秘書業務については完全に素人の有紗に務まるとは思えない。

「ありがとうございます。ですが私、秘書業務ははじめてでして……とても千賀さんの代わりになれる自信はありません」

不安を口にする有紗に、龍之介が力強く言い切る。

「それについては問題ない。確かに私の秘書は、高い能力が要求される。だが君ならやれると私は思う。君の働きぶりは、浜田課長や海外事業部の他の社員たちが保証したし、なにより誰かをサポートする仕事が好きだと言った君の言葉を信じている」

そう言って彼はふっと笑った。

「なにも私は、君に明日から千賀のようになれと言っているわけではない。引き継ぎ期間は一カ月あるし、千賀はこれからも秘書室にいるから安心して思い切りやってくれ。新人秘書が少しくらいミスをしても、ダメージを受けない自信はある」

最後は肩を竦《すく》めて、少し戯《おど》けてみせる。

『君ならやれる』という言葉で、有紗のチャレンジ精神に火がついた。

今までの仕事を評価された喜びと、新たな道を示された期待感に、わくわくと胸が躍る。仕事に生きると決めている有紗にとっては、キャリアアップのための滅多にないチャンスだ。逃すわけにはいかない。

恐れる気持ちはまだあるけれど迷いはもうなかった。膝に置いた手をギュッと握る。

「わかりました。精一杯頑張ります。よろしくお願いします」

龍之介が満足そうに微笑んで立ち上がる。

つられて立ち上がった有紗に向かって右手を差し出した。

「よろしく」

期待に胸を膨らませながら有紗は応えてその手を取った。

「では失礼いたします」

有紗は頭を下げて、その場を辞そうとドアへ向かう。部屋を出る直前で、彼に呼び止められた。

「真山さん、いずれはわかることだから、前もって伝えておきたいことがあるんだが」

有紗は足を止めて彼の話に耳を傾けた。

「第二秘書の渡辺さんのことだ。彼女はＪＥＤグループの創始者、今は亡き渡辺正《しょう》三郎《ざぶろう》氏のお孫さんだ。正三郎氏は私が大変お世話になった方だ。彼女の父親の正彦《まさひこ》社長から社会勉強をさせたいからと個人的に頼まれてお預かりしている」

「はい」

「一応私の第二秘書ということになっているがそれはあくまでも形だけ、実質的には私の秘書業務は千賀ひとりでやってもらっている。だから君もそのつもりでいてほしい。やや込み入った事情で申し訳ないが」

つまりは彼女に仕事をさせないでほしいという話だ。彼女がただの秘書ではなく未来の婚約者なのだとしたらあたりまえだ。

「わかりました。そのつもりで対応します」

有紗は素直に頷いて、頭を下げて部屋を出た。

部屋に入る前の不安は、跡形もなく消えていた。

もう彼に苦手意識を持つのはやめようと心に決める。彼がどのような人物かなど、上司と部下ならばあまり関係ない。それとこれとはきっちり分けて考えることが自分のキャリアのためには必要だ。

少なくとも彼が有紗にチャンスをくれたのは間違いないのだから、有紗にとってはいい人物に違いない。自信があるわけではないけれど、今は彼の言葉を信じて精一杯やってみよう。有紗はそう決意して、秘書室に向かって歩き出した。

豪華なシャンデリアが下がるホテルの大広間の入口で、有紗は中に集まったたくさんの人たちに圧倒されている。

隣で龍之介が口を開いた。

「そう硬くならなくて大丈夫だ。今日はほとんどが私の顔見知りだから」

「……はい」

有紗は答えるが、緊張は解けなかった。

異動から一カ月が経ったこの日、ふたりは、『ベリが丘ホテル』の二十八階にある椿の間に来ている。年に一度開かれる名家の子息や令嬢が集まる懇親会の会場だ。

取引先が関わるものではないから、例年、龍之介は秘書を伴わずひとりで参加している。それなのに今夜有紗を連れているのには事情がある。

秘書室へ勤務を開始してからこれまでの間、有紗は随分仕事に慣れた。

千賀からの引き継ぎはスムーズだし、なにより有紗は秘書という仕事を好きになったのだ。海外事業部の仕事とはやることはまったく違うけれど、誰かを支えるという意味で仕事の本質は変わらない。一心不乱に取り組んだ結果、今はひとりで龍之介の秘書業務のほとんどを任されるようになっている。

でもひとつだけどうしても不安なことがある。プライベートでも飲み会に参加することがほとんどない有紗は、パーティーなどの華やかな場に慣れていないということだった。

この一カ月は、とくにそういう場はなかったけれど、なんといっても龍之介は大手商社の副社長。彼の秘書である限り、パーティーへの同行は避けられない。それを龍之介に伝えると、そういうことなら協力しようと言ってくれたのだ。取引先がほとんど絡まないこのパーティーは、練習にちょうどいいということらしい。

「服まで用意していただいて、すみません」

今日、有紗は彼が用意したグリーンのシンプルなワンピースを着ている。秘書として同行するならスーツだが、この会は懇親会のようなもの。他の客は秘書を伴わないから、今夜有紗は彼の同行者という位置付けでの参加だ。

「新人秘書の育成のためだ、まったく問題ない」

そう言って龍之介は有紗に視線を送り、沈黙する。少し不自然な間に、有紗は首を傾げる。

「副社長？」

すると彼は咳払いをして気を取り直したように口を開いた。

「それにしても。本当にこういう場に慣れてないんだな。こんなに緊張している君ははじめて見る」

「すみません。私、飲み会とかも苦手でプライベートでもあまり参加しないんです……」

「謝ることはない。誰にだって苦手なものはある。完璧な人間などいないからね。今日は気楽な会だから、いくら失敗してくれてもかまわないよ。さあ行こうか」

そう言って会場に入る彼の背中を有紗は追った。

「さすがだな、もう大丈夫そうだ」

パーティーも中盤に差しかかった頃、満足そうに龍之介が言う。

有紗は充実感を胸に頷いた。

「はい、少し慣れて要領を掴《つか》めたような気がします。ありがとうございます」

開始直後は、戸惑いの連続だった。

龍之介は有紗を自分の知り合いに次々に紹介して回った。とにかくこの場の雰囲気に呑まれずに、人と話をすることに慣れるのが目的だからだ。

そして中盤に差しかかる頃、ようやくスムーズに対応できるようになったのだ。

それもこれも彼がそばにいてくれたからである。正直言ってはじめはもたついたなんてものではなかった。けれど彼はそれを咎めたり急かしたりせずに、スマートにさりげなくサポートしてくれた。

ひとつ不安が解消されて、ますます業務にまい進できると有紗の胸は嬉しい気持ちでいっぱいになった。彼は優秀な経営者というだけでなくいい上司でもあると改めて感心する。忙しい中、こうやって部下の苦手克服に付き合ってくれるのだから。

一方で少し申し訳なくも思っていた。

ほとんどが顔見知りの会ならば、彼も業務から離れてパーティーを楽しみたいはず。激務をこなす彼にとって貴重な羽を伸ばす時間だったかもしれないのに。

「私のために、せっかくのパーティーが仕事になってしまってすみませんでした」

有紗がそう言った時、会場の端で大きな笑い声があがる。良家の子息や令嬢の集まりらしくはじめは上品な空気だったが、アルコールが入り、だんだんと砕けた空気になってきた。笑い声の方をちらりと見て、龍之介が口を開いた。

「気にする必要はない。……だがそろそろ帰った方がいいな。あまり遅くならないうちに。待たせてある私の車を使っていいから君は先に帰りなさい」

その言葉に、有紗は慌てて首を横に降った。

「結構です。まだ電車は動いていますから」

確かに彼の車を待機させてはいるが、それは彼が帰宅するためである。

「ダメだ、私の車を使え。はじめからそのつもりで運転手に伝えてある」

いつになく有無を言わせぬ様子の龍之介に、有紗は一瞬面食らう。固辞することもできなくて、素直に頷いた。

「わかりました。ありがとうございます」

「ん、お疲れさま」

そう言う彼に頭を下げて有紗は会場を離れる。ホテルの一階まで降りたところで、自分が彼のネクタイピンを手にしたままだということに気が付いた。

彼が客と話をしていた時に外れて床に落ちたのを拾って、預かったままになっていたものだ。返さなくてはと、有紗は回れ右をしてまたエレベーターに乗り会場へ戻る。

わいわいと賑やかな中、彼を捜す。

そこへ。

「それにしても龍之介。お前がこのパーティーに女性を連れてくるなんてはじめてじゃないか？」

彼の名が耳に入り、有紗は足を止めて周囲を見回す。会場の隅で彼が男性と話をしているのに目を留めた。

確か相手は彼の学生時代の同級生、吉田《よしだ》という人物だ。パーティーのはじめの方で紹介された。すぐに声をかけなかったのは、彼らの話の内容が自分に関わることだったからだ。

「女子たちの間でちょっと騒ぎになってたぞ。どういう関係だ?って。俺、何人に聞かれたか」

騒ぎになっていたという言葉に有紗はドキドキとする。龍之介に迷惑をかけたのでは?と心配になる。

海外駐在時代に数々の女性たちと浮き名を流した彼だから、パーティーに女性を伴うことなどよくあるのだと思っていた。だから有紗は今夜の提案を受けたのだ。

「秘書だと紹介しただろう」

龍之介が彼に答える。少し不機嫌さを滲《にじ》ませるその声に有紗は再びドキッとする。

高校生の頃の失恋を彷彿とさせるシチュエーションに、嫌な記憶が蘇った。

でもまったく同じではないと有紗は自分に言い聞かせる。有紗は龍之介をいい上司としてしか見ていない。だから彼がここでなにを口にしてもまったく問題はない。

「秘書って言ってもわざわざ紹介して回るなんて。……もしかして、特別な関係か?」

邪な探りを入れる同級生の言葉に、有紗の頬が熱くなる。

まったくそんな意図はなくとも周囲からはそう見えたのか。秘書なのに、今日のふたりが周囲からどう見られるか予測していなかった有紗の落ち度だ。

「吉田、お前飲みすぎだ。彼女は秘書だと何度言ったらわかるんだ？　はじめに説明しただろう。こういう場に慣れたいと言うから連れてきたと」

うんざりとした様子で龍之介は答えるが、吉田は引かなかった。

「だけど、向こうはそうじゃないかもよ？　お前桁違いにモテるから。パーティーに慣れたいっていうのも口実だったりして」

有紗は思わず目を閉じる。耳も塞ぎたいくらいだった。

申し訳なくて身の置きどころがない気分だ。有紗との仲を勘繰られるなど、彼にしてみれば迷惑以外のなにものでもない。せっかく有紗のためにひと肌脱いでくれたのに、この状況。もう彼からどんな言葉が出ても仕方がない。

有紗がそう思った時。

「失礼なことを言うな。彼女は仕事熱心なんだ。俺は彼女のやる気に応えたかっただけだ」

毅然とした声で言い返す龍之介の言葉に驚いて、有紗は目を見開いた。アルコールが入った同級生との気楽なやり取りなら、適当にその場の空気を壊さぬよう有紗を悪者にしてもよかったのに、彼は有紗を庇《かば》ってくれている。

「だけど……」と言いかけて相手が有紗に気が付いた。

「聞かれちゃったな」と言って龍之介に目線で合図する。龍之介が振り返り、驚いたように目を見開いた。

「真山……帰ったんじゃなかったのか」

「ネクタイピンをお預かりしたままでしたので」

聞き耳を立てていたのを気まずく思いながら答えると、吉田がにやにやとした。

「変なこと言ってごめんね。俺、こういう話好きなんだよね」

「いえ……大丈夫です」

龍之介がため息をつく。

「もっとしっかり謝れ」

吉田が、ははは と笑って頭をかいた。

「ごめんごめん。ってか、真山さんだっけ。龍之介とそういう関係じゃないなら、俺なんかどう？　実は挨拶した時から気になってた……と、冗談だって！」

龍之介に睨《にら》まれて、吉田は声をあげる。そして、ややわざとらしく話を変えた。

「おっと、大谷《おおたに》さんだ。俺ちょっと挨拶してくるよ。……にしても、ほんと今日の龍之介はいつもと違うなぁ」

首を捻りながら去っていく。

龍之介が眉を寄せて有紗に向き直った。

「彼が失礼なことを言って申し訳ない。アルコールが入るとこういう類の話になるから、早めに帰ってもらったんだが」

「いえ、私は大丈夫です。むしろご迷惑をかけたみたいで申し訳なかったです。皆さんに変な風に誤解されてしまったみたいで」

恐縮して有紗は言う。毅然とした態度で自分を庇ってくれた彼の言葉は嬉しかったが、迷惑をかけたことは変わりない。

「気にする必要はない。それよりも真山が秘書としての経験を積むことの方が私にとっては重要だ。今夜が君にとって有意義だったというならば、私はそれでいい」

きっぱりと言い切る彼の言葉が、有紗の心に真っ直ぐ届く。自分を見つめる視線に彼の言葉は本心なのだと確信する。

第一印象が似ているからといって、高校時代のあの彼と龍之介を重ねてしまっていた自分はなんて馬鹿なんだろう。

龍之介はあの彼とはまったく違う裏表のない誠実な人物だ。だから皆、彼に惹《ひ》かれるのだ。

「はい、副社長のお心遣いを無駄にしないように、早く一人前の秘書になって副社長をお支えできるように頑張ります」

頬が熱くなるのを感じながらそう言うと、龍之介が微笑んだ。

「期待してるよ。ネクタイピンありがとう。気を付けて」

「はい、失礼します」

頭を下げて、有紗は会場を後にする。頬に手をあてながら早足で廊下を行く。まだ胸がドキドキと鳴ったままだった。どうしてか頬の火照りは治まらない。

一旦気持ちを落ち着けようと化粧室へ立ち寄ると、意外な人物に遭遇した。

詩織だ。友人と思しき人物と化粧を直している。今夜のパーティーに出席しているのだろうか？　会場では姿を見かけなかったけれど……と有紗が疑問に思っていると、詩織が怪訝な表情で口を開いた。

「どうしてあなたがここにいるの？」

「椿の間のパーティーに副社長の付き添いで来ました。ですがもう帰るところです」

答えると、マスカラをたっぷり塗った目をパチパチとする。そして思いついたように声をあげた。

「もしかして龍之介さんが連れてた女性ってあなた？　私、ついさっき来たばかりなんだけど、この子たちが騒いでて」

　その言葉に、有紗は吉田の話を思い出した。

「おそらくそうだと思います」

「なに？　詩織、知り合い？」

　友人がふたりの会話に割って入り、詩織に問いかける。

　彼女はめんどくさそうに「ちょっとね」と答えた。

　そして安心したように皆に言う。

「この子、龍之介さんの秘書よ。確かに女性だけど、ただの秘書」

「なーんだ」

「秘書かぁ」

　友人たちが、拍子抜けしたように答えた。

「だけど詩織、あんたも天瀬さんの秘書をしてるんじゃないの？　どうしてあなたが同行しなかったのよ」

　友人からの問いかけを彼女は鼻で笑う。

「私はパパから龍之介さんとのお見合いの前に社会勉強しなさいって言われて一応在籍してるだけだもの。本当なら私、働く必要なんてないし。私が龍之介さんを精神的にサポートして、彼女は雑用をしてるってわけ」

「未来の旦那さまのもとで社会勉強かぁ。相変わらず、詩織のパパ過保護だねぇ」

詩織がふふふと笑った。

「かわいいひとり娘だもの。さ、化粧直しも終わったし、私は龍之介さんに会いに行こーっと」

そう言ってリップの蓋をパチンと閉じた。

そしてカツカツとヒールを鳴らして、入口に立つ有紗のところへやってくる。すれ違う直前でぴたりと止まり、有紗を睨んだ。

「私と違ってあなたは、本当にただの秘書なんだから紛らわしい格好で龍之介さんの隣に立たないで。変な噂が立ったらどうするの？　龍之介さんはあなたとは住む世界が違うの。ちゃんと立場をわきまえなさい」

不快感を露わにする彼女に、友人たちが笑った。

「やだ詩織、こわーい！」

「後輩指導よ」

詩織が答えて、彼女たちは出ていった。

残された有紗はしばらくその場で立ち尽くす。

浴びせられたきつい言葉に衝撃を受けたからではない。詩織が話した内容に、原因不明のもやもやを感じたからだ。

彼女が龍之介の見合い相手だという話は、すでに噂で聞いていた。彼が自分とは住む世界が違うのだということも、はじめからわかっている話なのに、どうしてこんな気持ちになるのだろう？

さっきまでの頬の火照りはいつの間にかなくなって、高揚していたのが嘘みたいに、頭がシンと冷めている。胸に手をあてて、有紗はこの自分自身の反応の原因に考えを巡らせる。

でもいくら考えても、わからなかった。

はじめて行ったパーティーから一カ月が経ったある日の午前十一時過ぎ、秘書室の扉が開き、自席でパソコンに向かっていた有紗は顔を上げる。

姿を見せたのは龍之介だった。

「真山、今から出る。急で悪いが同行を頼む」

彼はすでにジャケットを着ていて、このまま出られる格好だ。

有紗もすぐに立ち上がり、ジャケットを羽織りタブレットが入った鞄を肩にかける。

「三時からの新規プロジェクトの会議までには戻る」

「行き先は？」

「大使館だ。エストニア大使から非公式なランチに誘われた」

端的なやり取りで、有紗は彼の意図を理解する。

非公式なランチの誘いとは、あくまでも私的な会だ。だがエストニアは、かねてから会社が事業を展開したいと考えている相手国、ただの遊びではない。

多忙な大使が時間を取るというのなら、たとえ急な誘いでも行くべきだと彼は判断したのだろう。

「エントランスに車を回していただきます」

「ああ頼む」

会話しながらふたりで部屋を出ようとしたところで――。

「副社長、私がご同行します」

声をかけられて足を止める。

詩織だった。

「私、エストニア大使夫人とは、パーティーでお会いしたことがあるんです。真山さんよりも私が行く方が大使は喜ばれるかと」

立ち上がり、にっこりと微笑む詩織に有紗は戸惑い、瞬きをした。

初日に龍之介が言った通り、詩織は秘書の仕事をまったくしていない。

彼女もしたいとは言わなかった。毎日席に座ってネットサーフィンをしているだけ。

出勤していればいい方で、龍之介が不在がちの日などは、そもそも会社に来なかった。

仕事をしない、できないということを彼女は自分でもよくわかっていて、普段は外出に同行しようとはしない。

それなのになぜ今立候補するのだろう?

「海外ではプライベートな食事に誘われたら、パートナーを連れて伺うのがマナーです。ですからこの場合は、秘書ではなく副社長のパートナー役を務められる者が同行するべきです」

もっともらしく詩織は言い、バッグを持って立ち上がる。

その彼女に、龍之介が待ったをかけた。

「いや、今日は真山にお願いする」

「えー、どうしてですか?」

「非公式といっても、ビジネスの話になるからだ」

有無を言わさずそう言う彼に、詩織は不満そうではあるものの素直に引き下がった。

「……わかりました」

龍之介が小さくため息をついた。

「真山、行くぞ」

「はい」

刺々しい詩織の視線を感じながら、有紗は龍之介の後を追う。打ち合わせをしながら、廊下をエレベーターに向かって歩く。

「副社長はおひとりで先に大使館へ向かってください」

「君は？」

「私はサウスエリアで大使への手土産を調達してから後を追います」

サウスエリアは、ベリが丘最大のショッピングモールがあるエリアで、世界各国の高級店や、日本の老舗ブランドが軒を連ねている。ランチに誘われて手ぶらで行くわけにはいかない。

「大使は、体調の関係で酒は控えているそうだ。それから婦人は和菓子に目がない」

「了解しました」

エレベーターに乗り込み、自ら一階のボタンを押した龍之介が、有紗を見てふっと笑った。

「優秀な秘書で、ありがたい」

「まだまだですが、こういった事態にはだいぶ慣れました」

世界中の支社を取りまとめる龍之介のスケジュールは想像以上に過密だった。しかも今みたいなイレギュラーな事態も少なくはない。はじめは戸惑いオタオタしたが、今はたいていのことには即座に対応できるようになった。

「本当によくやってくれている。予想以上だ。やっぱり私の目に狂いはなかった」

「ありがとうございます」

有紗の胸は誇らしい気持ちでいっぱいになる。信頼できる上司に、自分も信頼されつつあるのが嬉しかった。日々成長できるポジションに抜擢されたことを幸運に思う。

龍之介がやや申し訳なさそうに眉を寄せた。

「渡辺くんのことだが」

「はい」

「やりにくいだろうとは思う。……申し訳ない。なにか困ることがあれば言ってくれ」

「いえ、大丈夫です」

有紗は即座に答える。さっきの彼女の行動には少し驚いたが、彼がすぐに彼女に説明してくれた。謝られる必要はない。

「まぁ、いつまでもというわけではない。長くてあと一年くらいかな」

そう言って彼は、エレベーターの光る数字に視線を送る。

『あと一年』

つまりはそのくらいで彼女の社会勉強は終わり、見合いをするということだろうか。

そうしたら詩織は家庭に入り、退職するということだ。

そのことに思いあたり、有紗の胸にもやもやとした気持ちが広がっていく。あのパーティーの夜とまったく同じだ。

──政略結婚。

丸山から聞いた言葉を有紗は思い浮かべていた。

ここ三カ月の間、ふたりを見ていた有紗の印象は、未来の婚約者同士という表現はどこかしっくりこないというものだ。

龍之介は、彼女に対して気を使って丁寧に接してはいるものの親しげな感じがしない。パーティーでの詩織の言葉がなかったら、縁談の話はただの噂だったのでは?と思っただろう。

だがそれも政略結婚ならば納得がいく。

家同士、会社同士の繋がりを作るための結婚ならば、個人的な気持ちは二の次なのだろうから……。

ポーン。

音が鳴って、エレベーターが停止する。エントランスに出ると、車寄せに龍之介の専用車が停まっていた。有紗は行き先について運転手に引き継ぎをする。

龍之介が後部座席に回り込み、自らドアを開けた。

「ありがとう。手土産の方をよろしく頼む。君もタクシーを使えよ」

風になびく癖のある黒い髪に、有紗の胸がキュッとなった。音もなく走り去る黒い車を見つめて有紗はため息をつく。

あのパーティーの夜以来、どうしてか彼と詩織の関係が気になってしまっている。まったく自分に関係ないことなのに、ちょっとしたきっかけで彼らの関係を思い出し考えてしまうのだ。

そして龍之介に対してはふとした時に、こんな風に胸がキュッとなる。この感覚には微かに覚えがあるような気がするけれど……。

——でもまさか。

自分の変化から目を逸らし、有紗は駅の方向へ歩き出した。

有紗が仕事にまい進しているうちに、いつの間にか夏を過ぎ、街の街路樹が真っ赤に染まる季節になる。港から吹く海風が冷たく感じるようになったこの日、有紗は会社帰りに同期会に参加した。

開催場所は、サウスエリアにある海が見えるイタリアンレストラン。人数がやや多くなったので、立食形式の貸切だった。

年に二回開かれる非公式の集まりに、普段はあまり参加しない有紗が今回参加することにしたのは、ある同期に、いつか海外事業部で働きたいから話を聞きたいと熱心に誘われたからだった。

飲み会などの賑やかな場が苦手だという弱点を龍之介に克服してもらったことも後押しとなり参加を決めたのだが、結局、来たことを後悔することになった。

「じゃあ、解散でーす。また次回メールを回しますので参加よろしく！」

場がお開きになり皆が店から通りへ出ると、幹事が皆に声をかける。それを合図に有紗は仲のいい同期と駅の方向へ歩きはじめた。

「久しぶりに話せて楽しかったよ。また参加してよね、有紗。てか、今度はふたりで飲みにいこうか」

「うん、私はふたりの方が気楽かな」

有紗が頷いた時。

「お高くとまっている人は、参加しなくて結構でーす」

「秘書の人は、一般社員の集まりには来ないでくださーい」

嫌みな言葉が聞こえてきて、足を止めて振り返る。

声の主は総務課の同期ふたり組だ。

こちらを見てはいないけれど有紗に言ったのは間違いない。この場に秘書課の人間は有紗しかいない。

「ちょっと、なによそれ」

有紗の隣の同期が、眉を寄せて問いかける。

「どういう意味よ」

すると彼女たちは、しらを切ることもなく有紗を見た。

「ノリの悪い人はお断りって言ってるの」

「そうそう、私たちちょっと副社長の話を聞きたかっただけなのに、ぜーんぜんなにもおしえてくれないんだもん」

飲み会の途中で有紗と話をしたことを言っているのだ。

彼女たちのうちのひとりが海外事業部の話を聞きたいと言って有紗を誘った人物な

のだが、よくよく聞いてみるともともと聞いていた話と少し違っていた。

彼女は海外事業部の話をしたかったのではなく、今の有紗の仕事内容……つまり龍之介とのやり取りやプライベートについて知りたかったのだ。

当然ながら、有紗は彼女の希望に応えられなかった。

秘書は業務上知り得た上司のいかなる事情も外部に漏らすわけにいかない。なるべくやんわりと断ったのだが、彼女たちはそれで納得せずしつこく食い下がり、最後には気分を害した様子で去っていったのだ。

「普通あそこまで秘密にする？」

「私は特別。副社長のことを知ってるの！って優越感に浸ってるのよ」

「感じ悪！」

言いたい放題である。

ちょっと圧の強いふたりだが、普段はこんな風にあからさまに誰かを責めたりする人たちではない。でも今は酒が入っているからか、歯止めが効かなくなっている。

大きな声でのやり取りに、他の同期が気が付いた。

「ちょっとやめなって。飲みすぎだよ」

「ほら解散解散」

そして皆散り散りになって、駅の方向へ帰っていった。

「やな感じ。あの子たち有紗を妬んでるんだよ。有紗が海外事業部に配属になった時も羨ましがってたもん。エリート集団とお近付きになれるって言って。それが次は秘書課でしょ。有紗、気にしちゃダメだよ」

「うん、大丈夫」

「有紗も駅だよね。行こう」

「うん、だけどちょっと酔ったかも。コンビニで飲み物買ってから帰る」

なんとなく、有紗は言う。このまま帰ると嫌な気持ちを持ち帰ってしまいそうだ。

「そう、付き合おうか？」

「大丈夫、またね」

「うん、気を付けてね」

彼女に手を振り、有紗はため息をつく。そしてコンビニを目指して方向転換した、その時。

「真山」

聞き覚えのある声に名前を呼ばれて足を止める。不思議に思って見回すと通りの陰から龍之介が現れた。スーツ姿ではなく普段着のラフな格好だ。

「副社長……!?」

慌てて有紗は周りを確認する。飲み会のメンバーに見られたらややこしいことになりそうだからだ。

「どうしたんですか？　こんなところで」

今日彼は、運転手がノースエリアにある自宅へ送り届けたはず。それ以降は、明日の朝の出勤まで自宅にいる予定になっている。

「おひとりですか？」

「ああ、通りかかったら騒ぎになっているのが目に入ったから」

少し気まずそうに彼は言う。その言葉の内容に有紗の頬がカァッと熱くなる。さっきの女性社員とのやり取りを見られていたというわけだ。

「さっきのを……すみません……こんなところで騒いでしまって」

「いや、君が謝ることはないだろう。むしろ……」

そう言って彼はそこで言葉を切り、そのまましばらく逡巡している。

「副社長？」

「ちょっといいか？　数分で済む。家まではタクシーで送るから」

意外な彼の言葉に、有紗は戸惑いながら頷いた。

彼はBCストリートを港の方向へ歩き出す。海沿いの遊歩道まで来ると足を止めて振り返る。真っ黒な海の上に月が浮かんでいた。

「今日はおひとりだったんですか？」

「ああ、港へ行くところだった」

「港へ？」

「時々無性に海を見たくなる時があるんだ」

そう言って彼は海に視線を送り、気持ちよさそうに目を細めた。普段の彼とは少し違うどこか寂しげな言葉と眼差しに、有紗の胸がギュッとなる。

彼は常に会社の重大な決断を迫られる立場にいる。その重圧は計り知れない。しかもそれを誰かと共有することができないのだ。孤独との闘いでもある。弱音を吐くわけにいかないカリスマは、こんな方法で息抜きをしていたわけだ。

「真山に見られたのはまずかったな」

肩を竦めて笑う龍之介はもういつもの彼だった。

彼の言うことは正しい。秘書としては、苦言を呈する必要がある場面だった。

海を見ること自体は問題ないが、それならば、セキュリティの観点から運転手に自宅からここまで送ってもらうべきだ。

だが彼にとってはそれでは意味がないのだろう。

「そんなことは……確かに……おひとりは心配ですが」

秘書としての役割と彼自身を心配する気持ちに、有紗の心は揺れる。どう答えていいかわからずにごにょごにょ言う。

「十分に気を付けていただく必要がありますが……その、週刊誌の記者がいないとも限らないですし」

「普段は知り合いを見かけても声をかけることはない。でも今日は君たちが話していた内容が私に関わることだったから、どうしても放っておけなかった」

真剣な表情に戻り本題に入った彼に、有紗の胸がドキッとした。

「あの……すみませんでした。あの場でお名前が出てしまって……」

「いや、さっきも言ったが真山が謝ることではない。むしろ私が礼を言うべきだ。君は、彼女たちに私のことを話さなかったのだろう?」

「それは秘書としてあたりまえのことです。私は副社長のことに関してどんなにささいなことも一切誰にもお話ししません。たとえ相手が家族でも」

言葉に力を込めて有紗は言う。

そうでなくては彼は安心して仕事にまい進できなくなる。重圧を背負い孤独と闘い続ける彼の心の負担を少しでも軽くしたい一心だった。

「君は本当に仕事熱心だな」

　龍之介がふっと笑って呟いた。

「だがそれで君は不愉快な思いをしたわけだ。今まで築いてきた人間関係にヒビが入った。申し訳ない」

「ふ、副社長……！　私は、大丈夫です」

　突然の謝罪と意外すぎる彼の言葉に、有紗は慌てて首を横に振る。

　仕事内容を話せないのも、それを同期に責められたのも彼のせいではない。彼がこんな風に謝る必要はない。

「副社長のせいではありません。秘書が上司の話を漏らさないのは基本中の基本です。千賀さんだって、他の秘書課の人だって皆同じです」

「だが君の立場は千賀とまったく同じではない。千賀は私の遠い親戚にあたる人物で、もともと私の秘書になるために入社した。だから君がさっき経験したようなことは一度も起きていない。もとは違う部署にいた、女性の君を突然秘書に抜擢したらこのようなことになると予測できなかった私の落ち度だ」

　眉を寄せて龍之介が言う。心底申し訳なさそうにする彼に、有紗の胸が熱くなった。

世界的な大企業を動かす立場にいる彼が、ただの秘書である有紗に謝るなんてありえない。これも秘書の仕事のうちと見なかったふりをして捨て置くこともできたのだ。それをこんな風に真っ直ぐに謝罪するなんて。

「今後も同じようなことが起きるかもしれない。もし君がつらいならば、私としては非常に残念だが、配置換えも考える」

「配置換え……？」

彼が口にした言葉に、有紗は目を見開いた。

「もちろん、君の落ち度ではないから今後もキャリアを積み上げていけるよう、最大限に配慮する」

有紗のキャリアを配慮してもらえるなら、有紗にとって不利なことは一切ない。秘書業務を続けたければ別の役員付きにしてもらえるということだろう。

でもそれを嫌だと有紗は強く思った。

「嫌です！」

龍之介が目を見開いた。

「真山……」

「配置換えなんて絶対に嫌です！」

確かにさっきの出来事は不愉快だった。思い出しても腹が立つ。だからこそそんなことくらいで彼の秘書という仕事を辞めたくはなかった。さっき海を見つめていた彼の寂しげな眼差しが頭に浮かぶ。有紗は必死になって訴えた。

「私……私、副社長をお支えする仕事にやりがいを感じています。毎日充実しているんです。これからも会社のために働きたいです！」

龍之介が目を見開いたまま沈黙し、表情を和らげた。

「わかった。配置換えはしない」

力強く言い切る彼に、有紗はホッと息を吐く。

龍之介がふっと笑った。

「それにしても、そんな風に慌てる君ははじめて見るな。どんなにイレギュラーな予定が入っても動じないのに」

「す、すみません……私、必死で……」

「いや、笑ってすまない。だが私も安心したよ。ああ言ったはいいが、本当のところ真山に辞められたら私も困る。私の秘書はもう真山しか考えられない」

癖のある黒い髪を風になびかせて笑う彼に、有紗の鼓動が急速にスピードを上げていく。心の奥底に閉じ込めて、考えないようにしていた有紗の中の熱い想いが彼に向かって真っ直ぐに走り出すのを感じた。

「仕事熱心な秘書を持って私は幸せ者だ。だが、今日のようなことがまたあったら必ず言うように。善処する」

「……はい」

本当のところ有紗は、仕事のことのみを考えて配置換えを拒否したわけではない。どうしても、彼の秘書でなくなるのが嫌だったのだ。

彼のそばで、孤独を抱えながら闘う彼を支えたい。

──私、副社長のこと……。

パーティーの夜から感じていた自分の気持ちの正体に、有紗はようやく辿《たど》り着く。

……でもそれは、気付いたところでどうにもならない想いだった。

「ねえ、ねえってば！」

午後十二時を回り人気のない秘書室にて、タブレットの画面を見つめて、業務に集中していた有紗は声をかけられて顔を上げる。隣の席の詩織が不機嫌な表情で有紗を見ていた。

「はい」

「次に龍之介さんがパーティーに出席する日を教えて。会食でもいいわ」

「パーティーですか？　……しばらくはありません」

普段業務には興味のない彼女の少し意外な問いかけに、有紗が戸惑いながら答えると、彼女はチッと舌打ちをした。

「次にある時は必ず教えなさいよね。今度は絶対に私が同行するんだから」

「わかりました」

不機嫌を隠そうともしない彼女からの要求に有紗はとりあえずそう答える。同行できるかどうかはパーティーの内容次第だが、今それを言っても彼女は納得しそうにない。いざとなればまた龍之介に直接説明してもらえばいい。

詩織が有紗をじろりと睨んだ。

「あなたあれから、あんな格好で龍之介さんの隣に立っていないでしょうね？」

数カ月前の懇親会のことを言っているのだ。あれから有紗は何度かパーティーに出席する彼に同行したが、すべてスーツで付き添った。

「あの日だけです」

答えると彼女は苛立ったように唇を噛《か》んだ。

「本当に迷惑だわ。未だに誤解している人もいるのよ？　昨日も友達に聞かれたんだから」

詩織がねちねちと有紗を責めた。これについてはもう何度も言われたことだった。どうやら吉田が言っていたように、龍之介があのパーティーに女性と同行するのは、はじめてだったようだ。

海外と違い国内では行動を自粛しているのだろうか。あるいは、見合いを控えて派手な交友関係に終止符を打ったのかもしれない。

それが突然、皆が知らない人物を連れていったのだから、パーティーの後も財界関係者の間では噂になっているようだ。

有紗も出先で尋ねられているところを見たこともある。そのたびに龍之介は、『秘書だ』と説明しているが、なにかと注目を集めやすい彼だから噂に尾ひれがついているのだろう。

「すみません、以後気を付けます」

有紗はもう何度目かの謝罪の言葉を口にする。有紗としては完全に仕事で行ったのだが、見合いを控えている彼女の怒りはもっともだ。

詩織が大袈裟にため息をついた。

「本当に気を付けてよね。あなたと龍之介さんなんて、たとえ噂だけだとしてもそういう関係を疑われるようなことがあってはならないんだから。私たちとあなたは住む世界が違うの」

私たちという言葉に力を込めてそう言って、彼女は立ち上がった。

「龍之介さん、今日の午後はずっと会議よね？」

「はい」

「じゃ、私帰る」

そう言って鞄を掴み、秘書室を出ていった。

有紗はタブレットを手にしたまましため息をついた。

異動になってすぐの頃は、ほとんど有紗を無視していた彼女は、パーティーの日から目に見えてあたりがきつくなった。龍之介の噂のことを考えれば、仕方がないのかもしれないが、こんな言葉をかけられるとつらくなってしまう。

龍之介や詩織と有紗は住む世界が違う、そんなあたりまえの事実に傷ついてしまう自分が情けない。

その時、有紗が手にしているタブレットにメッセージが届く。龍之介専属の運転手からだ。龍之介が出先から帰ってきたことを知らせるメッセージだった。

龍之介は、二時間ほど前に業界の会合へ出かけていったが、有紗はそれに付き添わなかった。すぐに有紗は立ち上がり、彼を出迎えるためエレベーターへ向かう。

三分ほどで扉が開き、龍之介が降りてきた。

「お疲れさまです」

頭を下げて出迎える。

「ああ、お疲れさま」

足早に副社長室へ向かう龍之介について歩きながら、報告をする。

「法務部長から、面会の依頼がありましたので五時にお入れしました。それから北米課からの報告書が上がってきましたので……」

彼はそれを聞きながら部屋へ入りジャケットを脱ぐ。ベリが丘の街を映す大きな窓を背に座る。

「……ご報告は以上です。今から次の会議まで少し時間がありますので休憩をお取りください」

有紗はそう言って頭を下げる。退室しようとしたところを龍之介に呼び止められた。

「真山」

「はい」

龍之介が鞄から包装された小さな箱を出す。

不思議に思いながら彼の机に歩み寄ると、机に置かれた包みを開けた。

「土産だ」

箱の中には、宝石のようにコーティングされたチョコレートが三つ並んでいる。

「『リリーパリス』のチョコですね！」

有紗は思わず声をあげた。

リリーパリスは、パリ発の高級チョコレート専門店だ。世界中のセレブ御用達で、日本にはここ、ベリが丘にしか店舗がない。

「わかるのか？　さすがだな。チョコが好きだと言っていただけのことはある」

有紗はチョコが大好きで、ケーキもアイスもチョコを選ぶ。街中にチョコレートが溢れる二月は一年のうちで一番好きな月だった。

そんな有紗にとってリリーパリスは憧れの店だった。ベリが丘で働くことが決まってすぐに見に行ったくらいだ。

でも食べたことはない。ひと粒最低でも数千円する高級チョコだからだ。一般の会社員の有紗には、とてもじゃないが手が出ない。

「美味しそう」

龍之介がにっこり笑って箱を差し出した。

「どうぞ」

その彼の行動に有紗は面食らう。

「え？　今……ですか？」

戸惑いながら尋ねると、龍之介が頷いた。

「でも……いただいて後で食べます」

「だけどそれでは、君は皆に分けてしまうだろう」

「それは……」

その通りだった。彼は出先でちょくちょく手土産をもらう。そういうものはそのまま有紗にくれるから、有紗は秘書室の皆で分けるのだ。給湯室へ置いておけば、ランチ後のデザートに皆喜んで持っていく。たいていは有紗がバタバタとしているうちにいつの間にかなくなっており、食べられないことがほとんどだ。

「これは私が真山のために買ってきた土産だ。君が食べなくては意味がない」

どこか楽しげに、でも有無を言わせぬ調子でそう言って、彼は再び有紗に箱を差し出す。

そうまで言われてはそれ以上固辞することもできなくて、有紗は遠慮がちに端のチョコを摘《つま》んだ。

「いただきます……」

自分を見つめる彼の視線に頬が熱くなるのを感じながら、チョコレートを口に入れる。途端に上品な甘さが口いっぱいに広がって、ほろ苦い芳醇《ほうじゅん》な香りが鼻を抜ける。

さすがは世界中のセレブを虜にしていると言われるだけのことはある。

今まで食べたどのチョコレートよりも美味しかった。溶けていくチョコレートを飲み込むのが惜しいくらいだ。

「感想は聞くまでもなさそうだな」

龍之介が満足げに呟いた。

「すごく……美味しいです。甘いんですけど甘くないっていうか。カカオの香りがしっかりしてて！」

あまりの衝撃に少し興奮して、声が大きくなったことに気が付いて頬を染めた。仕事中だということも忘れて、チョコレートに夢中になってしまったことが恥ずかしかった。

「す、すみません……」

「いやいいよ。本当にチョコが好きなんだな。じゃあ次からもここで決まりだな」

『次からも』という言葉に有紗は慌てて首を横に振った。

「そんな……副社長、お気持ちは嬉しいですが、こんな高級なチョコレートをまたいただくなんて恐れ多いです……」

上司が部下に土産を買うことくらいあってもおかしくはないが、なにせこのチョコレートはひと粒数千円するのだ。土産というには高級すぎる。

龍之介が肩を竦めた。

「気にするな、千賀にもよく土産を渡していた」

「千賀さんにも？」

「ああ、彼にはこれよりももっと高価なマカロンを。嬉しそうに持って帰っていたよ。だから君も遠慮することはない」

「千賀さんがマカロンを……？」

有紗は千賀を思い浮かべながら呟いた。

あのクールな彼がマカロンを好きだというのは意外だ。人の好みは自由なのだから、それでもおかしくはないのだろうが、それにしても、あの彼がマカロンを食べるところなど想像できない。とはいえそれならば、受け取っても大丈夫なのだろう。

「……わかりました」

釈然としないながら頷くと、突然龍之介が笑いだす。そのまま肩を揺らしている。

「副社長？」

意外な彼の反応に有紗が首を傾げると、笑いながら口を開いた。

「冗談だ、千賀へは酒だ。なんでも信じるな」

笑いが止まらない龍之介に、有紗は唖然としてしまう。

「だって、副社長がおっしゃるから……！」

彼はいつも誰に対しても完璧な紳士で、こんな風に相手をからかうところなど見たことがない。だから有紗は信じたのだ。

「真山は真面目で有能だが、少し危なっかしいな。悪い奴に騙されないか心配だ」

「だ、騙されたりはしません。私、副社長だから信じたんです。こんな冗談をおっしゃられるとは思わなかったから」

思わず頬を膨らませて有紗は言う。

「社外ではこのようなことはお控えください」

「もちろん、君以外の相手にこんなことは言わないよ」

笑いながらそう言って、彼はチョコレートの蓋を閉じ、有紗に向かって差し出した。

「あとは、家でゆっくりどうぞ」

『君以外の相手にこんなことは言わない』

その言葉に有紗の頬が熱くなった。彼は有紗を部下として信頼しているという意味だ。それ以上の意味はないと、自分に言い聞かせる。

「あ、ありがとうございます。失礼いたします」

チョコレートを受け取って頭を下げ、くるりと彼に背を向ける。

「ん、お疲れ」

有紗はそそくさと部屋を出た。これ以上ここにいたら、顔が真っ赤になっているのがバレてしまう。

廊下を早足で歩きながら、有紗は長い息を吐いた。

彼と自分は住む世界が違うということは重々承知している。それは自分の気持ちに気が付いてしまった今も変わらない。でもあんな風にまるで自分だけに気を許しているかのように振る舞われたら、つい心が浮き立ってしまうのだ。勝手に心がふわふわとして身体が熱くなっていく。

火照る頬を両手で叩き、いつかの夜の詩織の言葉を思い出す。

『立場をわきまえなさい』

気を取り直して、歩き出した。

龍之介への気持ちを除けば順調にいっていた仕事を、有紗が辞めざるを得なくなったのは、東京《とうきょう》から新幹線で二時間の距離にある故郷でひとりで暮らしている父が、体調を崩したからだ。

小さな定食屋を営む父親から、身体を悪くした、手術が必要になり店を閉めて入院するという知らせがあったのが十一月下旬。無事に退院したと聞いて胸を撫で下ろしていたのだが、年末に帰省した時に状況は一変する。荒れ放題の家を目のあたりにしたのだ。

有紗と父は、父ひとり子ひとりのふたり家族。小学生の頃に病気で母を亡くしてから、父は男手ひとつで育ててくれた。

手術は成功したけれど、母との思い出の定食屋をひとりで切り盛りしていた父は、定食屋を閉めたことで少し自暴自棄になっていた。

定食屋を再開したそうだったが身体の方はまだその段階になく、ひとりで切り盛りするのは無理だった。八方塞がりだ。

愛情深く育ててくれた父を放っておくことなどできず、有紗は父を支えるため故郷へ帰ることにした。

一生懸命努力して入った会社、好きな仕事を辞めなくてはならないのは有紗にとってはつらい決断だった。

仕事ひと筋で生きてきた自分から仕事がなくなってしまったら、いったいなにが残るのだろう。とはいえ、他にいい方法があるわけでもなく、悩んでいる時間の余裕もなかったため、有紗は退職を決意した。


「ここ、こんなに素敵だったんですね」

駅に近いとは思えないほど、緑豊かな庭園。その向こうにはライトアップされた大使館の建物。

映画のワンシーンのような光景に、有紗はため息交じりに感想を漏らした。

「そういえばここへは何度も来ているが、こうして庭を楽しむのははじめてだな」

隣で、龍之介が夜空を見上げた。

最終出勤日の今日、有紗は龍之介とともに大使館裏にある会員制オーベルジュ『ル・メイユール』へやってきた。今日の終業直前に、龍之介から誘われたのである。

『よかったら、この後食事でもどうだ？　送別会をさせてほしい』

突然の彼からの誘いに、有紗は一瞬躊躇した。

龍之介はスケジュールの都合で出席できなかったが、秘書室の社員たちとの送別会は終わっている。つまり彼とふたりということだ。見合いを控えている彼とそのようなことをしていいものか判断がつかなかった。けれど。

『この一年の真山の働きを労いたい』

そうまで言われて断ることはできなかった。

有紗と彼は上司と部下、送別会をすることは不自然でない。有紗の方もきちんと彼に伝えておきたいことがあったからその誘いを受けたのだ。

ル・メイユールは、ベリが丘の住人の中でもアッパー層しか利用できない超高級レストラン。食事の後はそのまま宿泊できるようになっていて、彼はよく外国からのVIPへのもてなしに使っている。有紗も付き添いで何度か来た。

本来なら、部下との送別会に使用するような場所ではない。

ここに来るまでの車内で、行き先を知り驚く有紗に、彼は申し訳なさそうに言った。

『昼間の出先で週刊誌の記者を見かけたような気がしてね。……念のためだ』

その言葉で、有紗は事情を把握する。

三日前からあるハリウッド女優が映画のプロモーションで来日している。彼女は数年前に、ニューヨークで龍之介と熱愛をスクープされた人物だ。来日中に、元恋人同士であるふたりが接触しないか、記者が張りついているのだ。

彼が女優と会う予定はないけれど、詩織との見合いを控えている今、たとえ上司と部下の関係でも有紗と食事をするところを人に見られるのはまずいというわけだ。ル・メイユールのスタッフは身元のしっかりした者ばかりだから、彼がここで誰と会おうと情報が漏れることはない。

彼が予約を入れていたのは二階のＶＩＰルーム。リビングと寝室がひと続きになった落ち着いた空間だ。リビングにセットされたふたり用のテーブルでまずふたりは食事をした。そしてテラスへ出てきたのである。

頬に感じる柔らかい風は、早春の香りがした。

手すりに手をついて、有紗は春の空気を吸い込んだ。

「ここともうお別れか……」

ベリが丘は、日本中の人が憧れるセレブの街。有紗など天瀬商事に就職できていなければ一生縁がなかった街だ。なにもかもが桁違いに贅沢で上品なこの街は、それでも社会へ出たばかりで不安でいっぱいだった有紗を温かく迎えてくれた。

今夜ここを去り故郷へ帰ってしまえば、おそらくもう足を踏み入れることはないだろう。

「寂しいか？」

龍之介に尋ねられて、有紗はこくんと頷いた。

「はい。一生ここで働くと思っていましたから。ここで、たくさんのことを学びました。短い間でしたがこの街で働けたことは私にとって誇りです」

有紗は手すりをギュッと握り、声を落とした。

「せっかく私を抜擢してチャンスをくださったのに……。こんなことになってしまって申し訳ありませんでした」

有紗が今日彼に伝えたかったのはこのことだった。

彼は有紗にチャンスをくれて秘書として育ててくれた。それなのに、さぁこれからという時になって離職せざるを得ないのが、申し訳ない。

離職することを告げた時、彼はただ有紗と父を心配してくれた。せっかく仕事に慣れたのにといったような恨み言めいた言葉はひと言も言わなかった。だからこそ、もう一度改めて謝っておきたかったのだ。

「君を秘書にと望んだのは、君のためだけではない。私のためだ。君は私の期待以上の働きをしてくれた。この一年、よく私を支えてくれた。ありがとう」

きっぱりと言う彼に有紗の視界がじわりと滲む。この言葉は、お世辞でもごまかしでもない彼の本心だとわかるからこそつらかった。

彼への恋心が報われなくても、ずっと彼の秘書として彼を支えられればそれでいい。そう思い精一杯やっていたのに、それさえもできなくなってしまった。

「でも……」

目を伏せる有紗の頬を涙が伝う。泣いてしまったら彼を困らせるだけだと思うのに、どうしても止められない。

龍之介が静かに口を開いた。

「確かに君がいなくなるのは私にとって痛手だ。いや、会社にとって損失だ。でも私は、君の決断を応援したい。自分のキャリアをストップしてでも大切なお父さんのために故郷へ帰るという選択を」

「副社長」

「人生は、選択の連続だ。それが重いものであればあるほど常に不安がつきまとう。そこに明確な答えはない。だからこそ、決めたなら自分を信じて進むしかない」

その言葉に有紗の胸に希望が生まれる。不安な色に染まっていた自分の未来が少し明るくなったように思えた。

「……ありがとうございます。私、精一杯頑張ります」

涙を拭って有紗は言う。

これから先の人生がどうなるかはわからない。

病気の父を支えて一からやり直すのは楽な道ではないだろう。それでもここで過ごした日々を胸に抱き、彼がくれた言葉を道しるべにして進んで行こう。

――この恋は無駄じゃなかった。

こちらに身体を向けて、有紗の言葉に耳を傾ける彼を有紗は真っ直ぐに見つめた。

「私、副社長のもとで働いたことを一生忘れません。いただいた言葉も学んだことも忘れずに生きていきます」

「応援してるよ」

そう言って笑う彼の黒い髪が夜の風になびく。少し甘い彼のムスクの香りをふわりと感じて有紗の胸が痛いくらいに高鳴った。

パーティーで有紗を庇ってくれたこと。

完璧な彼が垣間見せる孤独を見てしまった港の夜。

有紗だけに見せる少し無邪気な一面。

たくさんの想いが有紗の頭を駆け巡る。考えるより先に口を開いた。

「私、副社長を尊敬しています。会社のために身を粉にして働く姿も他の方への思いやりも見習うべきことばかりでした。私にとってこんなに信頼できる人は、副社長がはじめてです。秘書に選んでもらえて幸せでした」

「そこまで言ってもらえるとは意外だな。私は真山が優秀だということに甘えて、さんざんこき使っていた。あまりいい上司とは言えなかっただろう」

彼の言葉に有紗はかぶりを振った。

「そんなことありません。いつかの日、私が配置換えをお断りしたのは、副社長のもとで働き続けたかったからです。副社長はいつも私の頑張りを認めてくださいました。私だけじゃなくて他の社員のことも大切に思っておられます。秘書という立場を抜きにしてもすごく素敵な方だと思います。だから私……本当はずっと副社長のもとにいたくて。私は……」

「ありがとう。嬉しいよ」

龍之介がふっと笑った。

「まるで告白をされているような気分だが」

その言葉にハッとして、有紗は思わず口を押さえた。息が止まりそうな心地がして、返事ができなくなってしまう。彼に会えるのは今日が最後だというシチュエーションと、彼への想いが昂って、言わなくてもいいことまで言ってしまった。

それを彼は、有紗のために冗談にしてくれようとしているのだろう。ならば冗談で返さなくてはと思うのに、動揺しすぎてできなかった。

自分の意思とは関係なく顔が真っ赤になっていく。

そんな有紗の反応に、龍之介が目を見開いた。

「……本当に？」

尋ねられたその瞬間、有紗は反射的に頭を下げる。

「今夜はありがとうございました。私、失礼させていただきます」

そして回れ右をして、テラスを横切り部屋へ向かう。恥ずかしくてもう今すぐに消えてしまいたいくらいだった。でも部屋へ入ろうとする寸前で。

「待て」

腕を掴まれて引き止められる。

「変な言い方をして悪かった」

彼は有紗を優しく引き寄せて腕の中に抱いた。

「っ……！」

彼の香りに包まれて、有紗の身体が熱くなる。どうしてこうなったのか、まったくわからず混乱する有紗の耳元で、龍之介が囁いた。

「話の続きを聞かせてくれ」

有紗は首を横に振る。

「私……。だけど……」

言ってはいけない気持ちなのだ。最後まで隠し通さなくてはならなかった。

それにもうこの時点で、有紗の想いは彼に伝わっているはず。なのにどうして彼は言わせようとするのだろう？

口を噤む有紗の顎に、龍之介の手が添えられる。その手に促されるままに上を向くと、切れ長の瞳が有紗を見つめていた。

「言ってくれ、有紗。俺は聞きたい」

唐突に名前を呼ばれて息を呑む。

こんな彼ははじめてだった。自分自身を『俺』と呼び、低くて甘い声音で有紗に想いを言わせようとする。射抜くように自分を見つめる彼の目に、特別な色が浮かんでいるように思うのはきっと都合のいい夢だろう。

――それでも。

『聞きたい』という言葉に有紗の心が大きく揺れる。

「私……私は副社長を……」

言葉を紡ぐ有紗に龍之介が熱のこもった視線を向けている。腰に回された腕に力が込められて、顎の手が熱くなった頬を包む。親指が有紗の唇を誘うように辿る。

ゆっくりと近付く彼の視線を焦がれるように見つめながら、有紗はその言葉を口にする。

「す、好きだったんです。私……副社長のことが……」

その刹那、熱く唇を奪われた。

うなじに差し込まれた大きな手が、きちんとまとめられた有紗の髪を乱していく。

甘い期待と、罪悪感。いけないとわかっていても心と身体は彼を求めた。

「んんっ……！」

素早く中に入り込み暴れ回る彼の熱が、有紗の理性を溶かしてゆく。唐突に与えられたはじめての甘い口づけに、彼のスーツをギュッと掴み、有紗は夢中になっていく。

このまま時が止まればいい。自分を取り巻く現実を忘れて、このまま彼に溺れたい。その先にあるのがなんだってかまわなかった。

ぼんやりとする視線の先で星空を背にした龍之介が、真っ赤に染まる有紗の耳に囁いた。

「中へ入ろう」

はじめて足を踏み入れたル・メイユールの寝室は、天然木の調度品と最高級ファブリックで揃《そろ》えられた心地のいい空間だ。オレンジ色のフットライトに浮かび上がる真っ白なベッドに、有紗は優しく寝かされる。

膝立ちになり、ジャケットを脱ぐ彼を見上げて、有紗は急に不安になる。自分は彼と愛を交わすに相応しくないと思ったからだ。有紗はまったく経験がない。

龍之介が有紗の頬を右手の甲で優しく撫でた。

「怖いか?」

「私……その、経験がなくて……だから、迷惑をかけてしまうかも……」

目を伏せて正直な気持ちを口にすると、龍之介が柔らかく微笑んだ。

「どうしてそんな風に思うんだ」

そして有紗の手を取って、そこへ優しく口づけた。

「嬉しいよ。……大丈夫、君はなにも考えずに俺に任せていればいい」

甘い言葉と彼の唇の感触に、有紗の背中を未知の感覚が駆け抜けた。

今夜を超えたその先に、どんな未来が待っていても、今夜のことは忘れない。

自分の名を呼ぶ低い声音も。

耳にかかる熱い吐息も。

肌を辿る大きな手の温もりも。

心と身体に刻み込む。

「有紗」

自分の名を呼ぶ彼の甘い声音に、有紗はゆっくりと目を閉じて彼の腕に身を任せた。

静かな春の夢のような一夜だった。

第二章　再会は突然に

ピリリリと携帯のアラームが鳴り、有紗は薄く目を開ける。部屋は明るく朝が来たのだと思うけれど、すぐに身体が動かない。ついさっき目を閉じたばかりのような気がするほど、疲れが取れていなかった。

携帯の画面を確認すると、時刻は午前五時半、もう起きる時間だ。でもやっぱり身体は動かない。瞼《まぶた》が鉛のように重かった。あと五分だけ……有紗がもう一度目を閉じた時。

「痛っ！」

頬になにかがぶつかって、声をあげて目を開ける。小さな足だった。起き上がり足の持ち主を確認する。

「けいくんか……」

呟くと自然と口もとに笑みが浮かぶ。一歳三カ月の圭太《けいた》は、先日歩けるようになったばかりだが、足の力は結構強い。有紗は可愛いその足にちゅっと口づけた。

おかげで一気に目が覚めた。

そのままむくりと起き上がり、布団の中を見回した。もうひとりの息子康太《こうた》が寝ているべき場所にいない。

有紗が足元に目をやると、彼はそこにいた。布団から飛び出している。有紗は口もとに笑みを浮かべて、身体が冷えないように康太に布団をかける。頬にキスをしたくなるのをぐっとこらえて、そっと布団を抜け出した。

彼らを起こすまではまだもう少し時間がある。寝ていてもらわなくては困ったことになるからだ。

やんちゃ盛りの双子との平日の朝は、忙しいなんてものではない。予想外の出来事ばかり起こるから、彼らが寝ている間が勝負なのだ。朝ごはんと彼らの服を準備して、有紗は先に顔を洗ってメイクまでしてしまおう……。

そんなことを考えているうちに、有紗の頭にスイッチが入った。

「あん、まんまんま！」

「あ、本当だ、わんわんだ！　おっきいねえ。こうくん」

「うー、わんわん」

「そうそう、上手上手、けいくん」

息子たちを乗せたベビーカーを押して、有紗は保育園を目指して朝の街を歩いている。今日はいつもより少し早く出ることができたから、ふたりとの会話を楽しむ気持ちの余裕がある。

一歳三カ月のふたりは、少しずつ意味のわかる言葉を口にするようになってきて、こんな風におしゃべりをしてくれる。

「あら、双子ちゃん？　かわいいわね」

信号待ちで、隣に立った年配の女性が、ふたりを見てにっこりとした。

「はい、双子です」

有紗は微笑んで答えた。双子は目立つのか、街を歩くとこんな風に声をかけられることも少なくない。ベビーカーのふたりは不思議そうに女性を見上げている。

「あら？　お顔はそっくりだけど、髪はちょっと違うのね」

彼女の言う通り、ふたりは顔はよく似ているが髪が違う。圭太はストレートで康太はふわりとした癖毛だった。

「そうなんです。なぜかそこだけ違ってて」

女性がにっこりと笑った。

「それぞれ、ママとパパに似たのかな」

信号が青になり、女性は双子に手を振って横断歩道を渡っていく。

有紗もひと呼吸遅れてベビーカーを押した。胸がちくりと痛むのを感じながら。

この痛みは、父親に会えない状況にしてしまったという双子に対する罪悪感と、身籠ったことを黙ったまま勝手にふたりを生んだ、彼らの父親に対する罪悪感だ。

「あまあま」

「うー、ぶうぶう」

かわいいふたりの会話を聞きながら、有紗は足早に保育園を目指す。街路樹は芽吹き、頬をくすぐる風は随分と暖かくなってきた。ふたりの父親……龍之介と別れた朝も、こんな春を感じる日だった。

――あれから二年……か。

あの時は、まったく想像もしなかった未来に自分はいる。

彼と一夜をともにした次の日の朝、有紗は龍之介がまだ寝ているうちにル・メイユールを後にした。

朝目覚めた時、隣で眠る彼を見て自分がしてしまったことの重大さに気が付いたからだ。彼は見合いを控えている身、それなのに自分の気持ちを伝えるなんて、絶対にしてはいけないことだった。

さらに言うと、彼と顔を合わせるのも怖かった。

あの夜起こったことは彼にとって一夜限りの出来事。

部下からの想いに、気まぐれに応えただけのこと。そこに愛があったわけではない。

それを彼の口から聞きたくなかったのだ。たとえ一夜だけのことだとしても、あの夜だけは自分は彼に愛されていたのだと思っていたかったから。

なにより、彼に迷惑がかかるのは嫌だった。

彼は有紗の仕事を認め、チャンスを与えてくれた。

離職せざるを得ない有紗が、それでも前向きに将来に向かって進んでいこうと思えるのは彼のおかげなのだ。その彼を、自分と過ごした一夜のことでわずらわせたくはなかった。

目を覚ました彼が有紗になにを言うかはわからない。でもひとつだけわかるのは、ふたりが一緒にいることは、彼にとっていいことではないということだった。

だから有紗は置き手紙を残して、部屋を出た。

【昨夜のことは忘れます。副社長も忘れてください。今までありがとうございました】

手紙の内容に彼は安堵しただろうか。あの日から一度も連絡はない。きっとそれが手紙に対する彼の返事なのだろう。

妊娠していると気が付いたのは、故郷の街に帰ってから。すっかりしょげてしまっていた父親の世話をしながら、閉めていた食堂の片付けをはじめた直後だった。

もちろん心あたりはひとつだけ。父親は、龍之介以外あり得ない。

……相談するべきだということはわかっていた。でもどうしてもそれができなかったのは、授かったと知った瞬間に、産みたいと強く思ったからだ。

前向きに生きていこうと決めてはいたものの、失った恋の喪失感は、想像以上だった。悲観的になっていたわけではないけれど、もう自分は本当に二度と誰かを愛することはないと実感する日々だった。

愛する人に愛されることは叶わなかった。ならばこれからは、お腹の子たちのために生きていこう。

病気の父親を支えながらの出産は大変だとわかっていたが、それでも決意は変わらなかった。

彼に相談すれば、迷惑がかかる。彼の周りの人を不幸にする。ならば一生誰にも秘密にして、子供たちには父親がいない寂しさを感じさせないように愛情深く育てよう。

幸運だったのは、有紗の妊娠を知った父が、見違えるほどしっかりしたことだ。有紗が子供たちの父親の名を明かさないことには思うところはあるだろうが、それでも娘の窮地を目のあたりにして、みるみる元気になっていった。

出産前後はサポートをしてくれて、生まれてからは育児を手伝ってくれた。今では定食屋を再開するまでになったのだ。

本当はそのまま故郷の街で父親と暮らすつもりだった有紗が、出産前に暮らしていた街に戻ってこざるを得なかったのは生活のためだった。

双子を抱えての就職は困難を極めた。

出産前の貯金が底をつきかけ、途方にくれていた有紗に手を差し伸べてくれたのが大学時代の恩師だった。

老舗文具メーカーの社長である友人に有紗の話をしてくれて、無事就職することができたのだ。そして一カ月前、有紗はここへ子供たちを連れて引っ越してきた。

双子を保育園に送り届けた有紗は、早足で駅を目指す。保育園で母と離れるのが嫌だと泣くふたりと離れがたく、あやしているうちにギリギリになってしまった。

電車に飛び乗り、ぎゅうぎゅう詰めの車内で揺られる。会社までは五十分電車に乗らなくてはならない。

本当は職場の近くに家を借りたかったが、家賃が高く諦めた。

双子を生むことに迷いはなかったし、生まれてからも後悔したことは一度もない。でも先行きが明るいと言えるかどうか、わからない。現実はやはり厳しかった。

圧迫感に顔を歪《ゆが》めながら、有紗はドアの上に貼られた路線図に目を留める。会社の駅から四駅先にある【ベリが丘】の文字に、また胸がツキンと鳴った。

懐かしい景色が頭に浮かぶ。

——新しい秘書はどんな方だろう？　働きすぎの副社長をうまくセーブできる方だといいけれど。

そこで有紗は慌ててその考えにストップをかける。

未だに彼を思い出してこんなことを考えてしまう自分が情けない。今はもう自分とは関係のない人なのに……。

あれから二年も経ったのだ。とっくの昔に見合いは済ませ、彼は結婚しているだろう。ならばこうやって彼を心配するのは、彼の妻、詩織の役割だ。

やがて電車は目的の駅に着く。有紗は浮かない気持ちのまままたくさんの人に押し流されてホームへ降りた。

有紗が勤める老舗文具メーカー花田文具は、大きな通りから一本道を入った場所にある。築四十年の古い自社ビルの二階が有紗の所属する事務所だ。

「おはようございます」

挨拶をしながら有紗が中へ入ったのは午前九時半。三十人ほどの社員がすでに勤務についている。

始業時刻は九時だが、小さな子供を抱えている有紗は始業時間を他の社員よりも三十分遅らせてもらっている。

有紗の姿を見るやいなや、社員から声がかかる。

「ああ、真山さん。よかった！　今電話が入っていて……ロンドンからなんだ。出社早々に申し訳ないけど、出てもらえるかな？」

「はい、わかりました。何番ですか？」

「五番だ、助かる！」

すぐにコートを脱いで席に着く。受話器を取って番号を押した。

電話を終えると、すぐにまた別の社員から声がかかる。

「真山さん、申し訳ないけど、こっちの書類の翻訳を頼めるかな？」

出勤直後からたくさんの仕事が舞い込むが、これはいつものことだった。

「大丈夫です。午前中仕上がりでいいですか？」

「助かる！　ああ、真山さんが出勤してくれてよかった〜！」

女性社員の言葉に、有紗は眉を下げた。

「長い間、お休みをいただいてしまって申し訳ありません」

双子が連続で熱を出してしまったから先週一週間は、一日も出勤できなかったのだ。

小さい双子を抱えるシングルマザーだという有紗の事情をすべて話した上での雇用だから、このようなことは想定内といえば想定内。でもまだ働きはじめて一カ月ちょっとなのにと、申し訳ない気持ちでいっぱいだ。

「気にしないで、はじめからそういう約束だったじゃん。お互いさまだよ」

花田文具は創業五十年を迎える、万年筆の品質に定評がある老舗メーカーだ。社員は約四十人。

社長の花田は、社員思いの温厚な人物で、社員が抱える様々な事情を考慮して働き続けられるようにしてくれている。

有紗以外にも小さな子を抱える母親や、介護が必要な家族を抱える者、本人自身にハンデがある者もいるが、皆長く働き続けている。

「なにより私たちほんとーに、助かってるんだもん。皆英語苦手でさ。あの天瀬商事に勤めてたって話だから優秀なのは間違いないって言ってたけど、期待以上だったよ」

花田文具の万年筆は、国内の愛好家の間ではすでに定評があり、さほど大きくはなくとも経営は安定していた。だが一年前にロンドンの貴族が愛用していることがイギリスで報道されてから状況が一変した。

海外からの発注が急増したのだ。会社にとっては嬉しいことではあったが、なにしろ語学ができる社員がほとんどいない。さらに言うと外国との取引も慣れていないため、困っていたという。天瀬商事での勤務経験があり語学もできる有紗は重宝されているというわけだ。

デスクには、有紗の休みの間に来たと思われる海外からの案件の発注書や契約書が置いてある。有紗はさっそく取りかかった。

——午後三時。

昼休みを挟んで一心不乱に仕事に取り組んだ結果、山積みになっていた分をなんとか終えてひと息つく。出勤した時の浮かない気持ちも吹き飛んだ。やっぱり有紗は仕事が好きだ。

将来への不安や、双子に対する申し訳なさ、龍之介に会えない寂しさも、仕事に熱中していると忘れられる。ベリが丘と同じ路線の会社というのは不安だったが、自分の能力が活かせる仕事につけたのだから、ありがたい。

「わぁ、真山さん。それ全部終わったの？」

処理済みの書類を見た隣の席の同僚が声をあげた。

「はい、なんとか」

「すごい！　さすがだね。入って一カ月ちょっとだなんて思えない」

「ありがとうございます」

同僚の言葉に有紗が答えた時、なにやら入口の方が騒がしくなり、ふたりはそちらに視線を送る。

見ると、普段は一階にいる営業部の社員が二階に上がってきている。なにかあったのかと不思議に思って見ていると、社長の花田まで三階の社長室から下りてきているではないか。どうやら彼が営業部の社員を二階に呼んだようだ。

「皆ちょっといいかな？　仕事中に申し訳ないが、話があって」

皆手を止めて彼に注目すると、花田が話し始めた。

「急な発表で申し訳ないが、落ち着いて聞いてくれ。我が社は、今日付けで天瀬商事の傘下に入ることになった」

気楽な調子でとんでもないことを言う社長に、どよめきが起こる。皆驚き、不安そうに顔を見合わせた。有紗も同じく不安になる。探して探してようやく就職できた会社なのだ。仕事にも慣れ、さぁこれからというところだというのに、会社になにかあって働けなくなるのは非常に困る。

「つまり買収されたわけだが、敵対的なものではない。動揺しないように」

そのまま彼は事情を話しはじめた。

今年六十になる花田は子がおらず後継者がいない。べつに世襲にこだわっているわけではないが、社員の中にも適切な人材は見あたらない。あと十年もしたら、花田文具が存続の危機に陥ることは目に見えていた。

「天瀬商事の傘下に入ればそのような心配はなくなる。外国からのお客さまが増えて過渡期にある我が社にとっては、いい話なんだよ。創業以来大切にしている〝丁寧な仕事〟という我が社の理念を、理解してくださってのことだ。私も力が続く限りは社長として残る」

つまり株主は変わるが、差しあたって大きな変化があるわけではないと知り、その場の空気が少し緩んだ。むしろホッとしたような表情の社員もいる。花田の後を誰が継ぐのかは、社員にとっても心配なところだった。花田が引退しても会社が継続できるなら、安心だ。

「君たちの雇用条件についてはそのままという確約をいただいている。うちの万年筆は誰にでも作れるものではない」

花田が温和な笑みを浮かべた。

そこで完全に皆の表情が和らいだ。花田は温和なだけでなく、海外製品が流入し、苦境に立たされた時期も会社を潰すことなく率いてきた人物で、皆に信頼されている。その彼が会社のために下した決断なのだ。間違いないと確信する。

祝福ムードになる中で、有紗だけはひとり取り残されている。言うまでもなく、買収元が天瀬商事だからだ。思わぬ事態に息を呑む。

「真山さんは、古巣に戻ることになるわけだ」

隣の席の社員の言葉に、曖昧な笑みを浮かべるのがやっとだ。この状況をどう受け止めるべきかがわからない。まさかまた天瀬商事で働くことになるなんて。

いや、会社のことを思えばいいことに違いない。労働条件に関しては、天瀬商事は格段にいい。

でも有紗にとって、問題はそこではない。再び龍之介との接点ができてしまうことだった。子会社の社員と親会社の役員など接点といえるほどのものでもないのかもしれない。顔を合わせることなどないのだから。それでも不安になるのはどうしようもなかった。

龍之介に双子のことを知られたらどうなるのだろう？

万にひとつもあり得ないことでも、心配だった。

彼の人柄を知る有紗の予想では、内心はともかく誠実に責任を取る行動に出ると思う。でもなんといっても彼は既婚者なのだ。周囲を巻き込み、誰かを傷つけるのは間違いない。

双子の存在は絶対に知られるわけにいかない……。

社員のざわざわが収まりかけたのを見計らって、再び花田が口を開いた。

「本当のところ私も迷ったよ。祖父の代からずっと守ってきた会社だからね。だが、このままいくと廃業は目に見えている。どうしようかと考えあぐねていたところ天瀬商事の副社長が、直々に私と話をしてくださったんだ。副社長は我が社が守ってきた製品の品質を大変評価してくださった。この技術と理念を守ると約束してくれている」

その言葉に社員たちが顔を見合わせた。

「天瀬副社長って、あの人だよね。一時期ワイドショーで騒がれてた。ほらハリウッド女優と……とか」

「えー、社長、直接会ったんだ」

「すごーい。いいなぁ」

皆口々に自由に言い合う。

「こらこら、皆、思ったことを口に出しすぎだ」

　花田が苦笑した。

　完全に和やかなムードだが、むろん有紗はそんな気分にはなれない。言うまでもなく、龍之介の話が出たからだ。落ち着け、と有紗は自分に言い聞かせる。企業買収に関わることならば、彼が直接交渉をするのは当然だ。驚くことではない。

「あの人かぁ。雑誌で見たことある。真山さんは、お会いしたことあるの？」

　隣の社員に尋ねられて、有紗は気まずい思いで口を開く。

「えーと……。海外事業部にはよくいらっしゃっていましたから……時々は……遠目からですが」

　なんとなく、秘書であったことは隠してしまう。それでも皆にとっては十分だったようだ。おおーっと声があがった。

「そうなんだ！」

「ねえ、本物はどんな感じなの？」

「前に友達がベリが丘に遊びに行った時に見かけたって言っててさ、そこらの芸能人よりも素敵だったって言ってたけど、本当？」

　質問が矢継ぎ早に飛んでくる。

花田がパンパンと手を叩いた。

「はいはい、静かに。その質問は真山さんから聞かなくても、すぐにわかるよ」

社員たちが驚いて顔を見合わせた。

意味深な言葉に有紗の胸がドキリとする。『すぐにわかる』とはいったい……?

「だが、失礼のないようにしてくれよ。私は副社長に、君たちは優秀な社員だと言って雇用を守ったんだ。大騒ぎしたら嘘だったと思われて……お、ちょうどいらっしゃったみたいだ」

花田が言って、社員にこのまま待機するように告げて階段を下りていく。どうやらエントランスに、車が到着したようだ。

「まさか」

囁き合う社員たち。

有紗の心臓が、ドキンドキンと大きな音を立てた。頭の中は嫌な予感でいっぱいだ。

はたして、戻ってきた花田が伴っていた背の高い人物に息が止まりそうになる。咄嗟に、うつむいた。

「紹介します。先ほどお話しした天瀬商事の天瀬副社長だ。今日は皆に挨拶しにきてくださった」

花田の言葉に、先ほど失礼のないようにと言われていたにもかかわらず、わっと声があがる。

「これこれ。なんのために先に釘を刺したと……。副社長、騒がしくして申し訳ありません」

花田が龍之介に謝る。

「かまわないですよ」

低いけれどよく通る声で彼が答えた。

やはりと有紗は目を閉じた。幻か見間違いであってほしいと願ったが、あたりまえだがそうではなく、有紗のよく知る彼だ。

どうか気付かれませんように。

まさか社員ひとりひとりが彼に向かって自己紹介するはずはない。この場で気付かれなければ、切り抜けられる。さりげなく一歩下がり、隣にいる同僚の陰に隠れた。

龍之介が皆に向かって話しはじめた。

「はじめまして。天瀬商事の天瀬龍之介と申します。このたびの件は驚かれ、不安に思われたことと思います」

彼は社員たちに、買収にあたっての経緯を丁寧に説明する。

以前より世界に通用する花田文具の商品に、注目していたこと。

古きよき日本の技術を世界に展開していきたいこと。

それでいて、急激に事業を進めるのではなく、あくまでも今までの丁寧な仕事を主軸にすること。

「花田文具のクオリティは社員の皆さまあってのものです。これからもよろしくお願いします」

彼がそう締めくくると、社員たちから自然と拍手が起こった。皆彼の言葉に感動し、会社の先行きが明るいと確信する。

——変わっていない。

皆に合わせて手を叩きながら、有紗は胸が苦しくなるのを感じていた。

彼は有紗のよく知る彼のままだ。自社の傘下に入れたからといって、花田文具の社員たちが積み上げてきた実績をないがしろにせず、評価して信頼する。社員を思い会社を率いる。有紗が愛した彼だった。

「しばらくは花田社長に続投いただきます。あくまでも傘下に入るだけですから、就業規則も雇用条件もそのままで」

それについては、すでに花田が言っていたが、親会社の役員の口から聞けて改めて安堵する。有紗もホッと息を吐いた。

双子を抱えながら働くのは容易ではない。今の環境が守られるというのはよかった。

でもそこで。

「ですが、この中でおひとりだけ本社に転属していただきたい方がいる。今日私がここへ来たのはそれを本人に告げるためです」

龍之介の言葉に、その場がしーんと静まりかえる。花田にとっても意外な話だったようで、驚いて彼を見ていた。

その花田に、龍之介が説明をする。

「本社へ転属しても、雇用条件は今と同じかそれ以上の待遇になります。あくまでも本人の意思を尊重しますが、スカウトしてもよろしいでしょうか？」

「え、ええ……。本人がいいと言うなら。本社への転属なら断る者はいないと思いますが……」

戸惑いながら、花田は答える。

龍之介がにっこりと笑った。

「ありがとうございます。ではさっそく」

そう言って彼はコツコツと靴音を鳴らして歩き出す。有紗には音だけでこちらに近づいてくるのがわかった。

意外な彼の行動に、皆が固唾を呑んで見守る中、有紗のすぐそばまで来て彼は足を止める。

もはや逃げも隠れもできない状況に、有紗はゆっくりと顔を上げる。

龍之介が真っ直ぐにこちらを見て口を開いた。

「真山さん、君は本社へ戻ってくれないか」

＊＊＊

車に乗り込みドアが閉まると、しばらくして静かに発車する。龍之介は、花田文具のビルを横目に深いため息をついた。

とりあえず、有紗と話をする機会を作ることに成功した。少々強引な手を使ったが、背に腹は代えられない。

「真山さんにお会いになれましたか？」

運転手が口を開いた。

「ああ、会えたよ」

「お元気そうでしたか？」

「ああ、明日本社に出社する」

龍之介が答えると、バックミラー越しの運転手の目元が緩む。その視線に、龍之介は複雑な気持ちになった。

龍之介の父親と同じ年の彼は、副社長就任以来ずっと龍之介専属としてついている人物だ。有紗のことをとても気に入っていた。

真面目で、非常に有能、それでいてその自分の能力をひけらかすことは一切ない彼女を買っていて、退職した時はひどく残念がった。

「副社長の秘書として復帰していただけるのでしょうか？」

「いや、それは、明日の話し合い次第だな」

「そうですか。そうしていただけるとありがたいですね。真山さんほど副社長の秘書にぴったりな方はいませんから」

彼の意見には、龍之介も完全に同意だった。

彼女が退職してから今にいたるまで、二年あったにもかかわらず、結局龍之介は彼女の後任を見つけられていない。いまだ千賀を中心に秘書課全体でサポートしてもらっている。

自分にとって秘書は相棒のようなもの。有紗以外のどの人物も秘書にする気になれなかったのだ。

「もちろん、秘書課の方々のサポートも完璧だとは思いますが、真山さんはなんというかスケジュールの入れ方にしてもなんにしても、副社長への思いやりが感じられました。副社長がお忙しいのは仕方がないですが、それでもなんとかお休みになれるよう、わずかな時間もなるべく快適にお過ごしになれるように心を砕いておられたように思います」

さすがは就任以来、専属運転手を勤めてくれているだけのことはある。彼は龍之介が考えていることを的確に指摘する。

有紗の仕事が完璧で丁寧なのは、誰から見ても明らかだが、それだけではなく相手に対する思いやりに満ちていた。

世界中から降るように入る案件の中で、休憩や休日を確保しつつ、適切な順に入れるのは至難の業だ。どうしても休日を取れない日が続く時は、移動中などにリラックスできるよう配慮してくれた。

思えば彼女の作った書類がずば抜けて読みやすかったのも、秘書業務と同じく読み手のことを一番に考えて作られたものだったからだろう。常に相手を思う彼女の姿勢の表れだったというわけだ。

「こちらへ戻って、働いていらっしゃるなら、ご連絡をくだされば……」

運転手はそこまで言って、なにかに気が付いたように口を噤む。

龍之介はバックミラーから目を逸らした。

彼女がそうしなかった理由に、運転手は心あたりがあるのだ。彼は、最後の日の夜、ル・メイユールで食事をした有紗と龍之介が帰宅しなかったことを知っている。

龍之介もそれ以上はなにも言わずに、窓の外を流れる景色を眺めた。

脳裏に浮かぶのはさっき目にした二年ぶりの有紗の姿。彼女がいない二年間、何度も夢に見たその姿が現実にそこにいることに、胸が甘く締めつけられた。

きっちりとまとめられた髪と綺麗な瞳、真っ白な柔らかい頬。

少し痩せたようにも思えたが、とにかく元気そうであったことに安堵した。

心配そうに自分を見つめる視線に、すぐにでも抱きしめて連れ帰りたい衝動に駆られたが、どうにかその気持ちを押し殺した。

そして龍之介は、自分の想いを再確認したのだ。

――やはり自分はあの夜と少しも変わらずに、彼女を深く愛している。

二年の月日を経てもなお、色褪せることのない自分の気持ちを。

「副社長、黒の軽自動車につけられているようですが、いかがいたしましょう?」

その言葉に、龍之介は振り返る。斜め後ろを走る車の車種と運転手に見覚えがあった。龍之介のゴシップを狙う週刊誌の記者だ。

「放っておけ。どうせ本社に帰るだけだ」

「かしこまりました。いくら追いかけてもなにも撮れないのに、ご苦労さまですね」

運転手は慣れた様子で答えてハンドルを切る。こんなことはしょっちゅうだからだ。

本来なら、一企業の役員でしかない龍之介が、週刊誌に追い回されることなどあり得ない。こんなことになってしまったのは、海外駐在時代の自身の行いが原因だ。

龍之介が次期社長としての実力をつけるため、海外へ出ることになった頃、財閥系商社として創業以来トップを走り続けてきた天瀬商事の業績に、やや陰りが見えていた。後継として正式に認められるために、父から課せられた至上命題は、業績の回復と海外において自社の将来への道筋をつけること。

そのために龍之介は、人脈作りに奔走した。元華族の家柄出身ということを生かして各国の王族や有力者と付き合い、天瀬商事の海外での地位を確立していったのだ。

そういった付き合いは、たとえビジネス上の関係といえども、家族ぐるみになることも珍しくない。だがそこで出会った彼らの娘たちに好意を持たれたのは誤算だった。

迷惑だとまでは言わないが、興味は湧かなかった。

すべてきっぱりと断ったが、タブロイド誌の紙面を賑わせることになってしまった。少し不自然なそれらの記事に、相手の女性たちが関係しているという龍之介の読みはおそらくはずれていないはず。本来は撮られるはずのない場所での写真まで流出していたのだから。

プライドを傷つけられた腹いせか、既成事実を作ろうとしたのか、あるいは彼女たちにとってはスクープもステイタスのうちなのか。とにかくそうやって龍之介は、本来の自分とはまったく違う人物像を作り上げられてしまったのである。

それでも龍之介は強く否定しなかった。一番には、彼女たちの父親との付き合いを大事にしたかったから。それ以上に龍之介自身が、ゴシップ的な話に興味がなかったからだ。

プライドが高く男をアクセサリーとしか見ていない女性たちに囲まれて、女性そのものに失望していたとも言える。もはや結婚も恋愛もするつもりになれなかったから、どう言われてもかまわない。

——だが有紗とのことについては……。

そんなことを考えながら、龍之介は道ゆく人を眺める。今日は一段と暖かく、もうコートを脱いでいる人もいる。街路樹の芽が綻び、街は春を迎える準備を整えていた。

――あの夜も、今と同じ季節だった。

龍之介が、有紗を自分の秘書にと望んだのは、彼女が有能だったから。誰かをサポートする方が自分には合っているという的確な自己分析にも好感を持った。だが本当は、それだけではないもうひとつの理由があった。

彼女が自分に男として興味を示さなかったという点だ。

自分の容姿と社会的地位が女性の興味を引くことは、嫌というほど自覚している。海外駐在時代は、それで厄介事に巻き込まれたのだから。

社内の人間、ましてや秘書に男として好意を持たれたら、面倒なことになるのは目に見えていた。そういった意味で、秘書については同性の方がいい。

だがそれを凌駕するほど彼女の能力と評判の高さは魅力的だった。女性だからという一点のみを理由に、候補から外すのは惜しいくらいに。

はじめて話をしたあの日、彼女は一貫して龍之介に対して興味を示さず、それでいて、仕事ぶりを褒めた時は目を輝かせて喜んでいた。龍之介は、彼女を手放すことに難色を示す課長の浜田を説き伏せて、有紗を秘書室へ異動させた。

はたして彼女の働きは期待以上だった。

龍之介に対する態度は予測通りどこか冷淡で距離のあるもので、なにかと誤解を受けやすい男性上司と女性秘書との関係としては、最適な距離感だ。やはり彼女は優秀だと龍之介は喜んだ。

……だがその頃から龍之介は、原因不明の物足りなさに悩まされるようになっていった。

思い返せば、あの頃からすでに自分は、彼女に惹かれていたのだろう。

真面目で自分に興味を持たないからこそ、秘書に抜擢したはずなのに、もう少し笑ってほしいという矛盾した気持ちを抱えるようになっていたのだから。

生まれながらにたくさんの物を持つ龍之介には、邪な心を持つ者が集まってきた。表面上寄ってくる者には皆目的があり、信用できる者は少ない。恋愛とて同じこと。表面上の付き合いはともかく、心から誰かを信頼し愛することなどできそうにない。

旧華族の名家に生まれ、巨大な企業を存続させるのが当然とされる重圧は、知らぬ間に龍之介の心を蝕んでいた。

そんな自分が、彼女に惹かれたのは、必然だったのだと思う。

突然の異動と慣れない仕事に戸惑うこともあるはずなのに、一生懸命成長しようとするその姿に、清々しい想いを抱き強く心が惹きつけられた。

運転手に呼びかけられて、龍之介はハッとする。

「副社長」

「なんだ？」

「今の時間、駅前通りは混みますから、裏道を通りますね」

「ああ、そうしてくれ」

答えると、車は大使館前で左折する。前方にル・メイユールの建物が見えてきた。フランスの邸宅を思わせる品のある建物に、龍之介の胸がキリリと痛んだ。

――あの夜。

龍之介は、彼女に自分の想いを告げようと思っていた。

彼女の退職により上司と部下という関係は終わる。ならばこれからは自分が、彼女の支えになりたかったのだ。

思いがけず彼女の想いを知り、衝動的に腕に抱いた。ふたりが同じ気持ちなら、これからの話をしなくてはと思うのに、感情が溢れて止まらなかったのだ。

はじめての経験に戸惑う彼女はあまりにも美しく、緊張で硬くなる彼女に、優しく丁寧に接するのが精一杯。次第に自分もその行為に夢中になり、結局最後は何度も何度も求めてしまった。

今思い返しても、あの時が龍之介の人生で一番幸せな瞬間だったと思う。柔らかい肌に口づけて甘やかな声を聞くたびに、無機質で色のない自分の世界が鮮やかに彩られていくような心地がした。

彼女がそばにいてくれるなら、たとえなにを引き換えにしてもかまわない。

疲れ果てて眠る有紗の寝顔を見つめながら、龍之介は決意していた。

彼女が目を覚ましたら、『愛している、人生を共に歩もう』ときちんと言葉で伝えよう。

気持ちが通じ合ったばかりでプロポーズするのは早すぎるかもしれない。それはわかっていても、少なくとも龍之介の方はそのつもりだと、伝えておきたかったのだ。

――だが目覚めた時、隣に彼女はいなかった。

【昨夜のことは忘れます。副社長も忘れてください。今までありがとうございました】

それだけ書かれた手紙を残して。

当然、龍之介は追いかけた。ル・メイユールのスタッフによると彼女が出たのは数分前。携帯を鳴らすのももどかしく、通りへ出た龍之介が彼女の代わりに見かけたのは、週刊誌の記者だった。

その姿に、自らの境遇を思い出し、彼女の手紙の真意を理解した。

真面目に人生を歩み、努力を重ねてきた彼女にとって、スキャンダルにまみれた男と歩む人生は考えられないのだろう。現に彼女は、龍之介に促されていなければ、なにも言わずに、去るつもりだったのだから。

冷静で有能な彼女らしい選択だ。

だからこそ自分は彼女を秘書に選んだのだ。強く惹かれたのだ。

このまま追いかければ、平穏な彼女の人生を壊してしまう。それだけは避けなくてはならない。

それでもこの二年間、一日たりとも彼女を思い出さない日はなかった。

明日こそは迎えにいくと胸の中のもうひとりの自分が叫ぶ。

そのたびに龍之介は、人生ではじめて愛した人に、できることはただひとつだけ。

彼女の幸せを願うことだけなのだと自分自身に言い聞かせ、追いかけて愛を乞いたいという気持ちを押し殺した。

花田文具から本社へ戻ると千賀が副社長室で待っていた。報告があるという。

「ご依頼の資料です」

そう言って彼が差し出したのは、ベリが丘における育児環境についてまとめた資料だ。一歳頃から成人に至るまで、必要になる施設や環境について詳しくまとめられている。ざっと目を通して、とりあえずベリが丘が子育てによさそうな環境だということに安堵する。

「ありがとう、業務外のことを頼んで申し訳なかった」

これは自分のプライベートに関わることなのだから本来は自分で調べるべきだった。だが、通常の業務に加えて花田文具買収で手が回らず、やむを得ず千賀に依頼した。親戚であり幼なじみでもある彼は龍之介にとって、最も信頼できる相手だ。

千賀がふっと笑った。

「真山さんに戻ってきていただくためですから、業務外とは言えませんよ。すでに秘書室ではリモートワークの環境も整えました」

もはやその気になっている彼に、龍之介は釘を刺した。

「まだ戻るとは決まっていない。彼女の意思次第だ。たとえ戻っても以前のようには働けない。彼女には幼い子がいるのだから」

「もちろん承知しております。ですが真山さんならば、以前の半分……いえ、四分の一の業務量でも十分戦力になります。なんなら働かず副社長のそばにいてくれるだけでも、副社長のコンディションは、格段によくなるでしょう」

千賀の言葉に、龍之介は咳払いをして目を逸らした。龍之介の動きをすべて把握している彼もまた、あの夜のことを知っている。

「彼女は明日こちらへ出社する。すぐに部屋へ来てもらってくれ」

気まずい思いでそう言うと、彼は頭を下げて答える。

「かしこまりました。話し合いがうまくいくようお祈りしております」

そして部屋を出ていった。

龍之介はそのまま資料を読み込む。やはり環境は問題ないと確認し、鍵のかかった引き出しから別の資料を取り出した。

有紗と双子の息子に関する資料だ。

街をゆく有紗が双子用のベビーカーを押している写真が添えられている。

有紗の意思を尊重して、別れを受け入れた龍之介が、再び彼女を見つけたのは偶然だった。

きっかけは花田文具買収だ。今回の買収に当たって社長の花田が絶対条件としたのが社員の雇用と待遇の維持。〝社員は家族〟を信念にしてきた花田は、彼らの個人的な事情に合わせて柔軟に労働環境を整えてきた。

そして介護や子育て、あるいは身体的な障害など働くのに配慮が必要な社員をリストアップしてこちらへ提示してきた。

その中に、有紗の名前があったのだ。

はじめは目を疑って、別人だと考えた。彼女は故郷にいるはずだ。だが念のためと思い千賀に調査を依頼して、本人だと確定した。

調査結果には、子の父親については〝不明〟とある。故郷に帰った時にはすでに彼女は妊娠していたようだが、男性と付き合っている様子はなかったという。

双子の父親は自分だ。

龍之介はそう確信した。あの夜、ふたりが愛し合った証だと。

彼女が自分との未来を望まなかったのは確かだが、あの夜ふたりは確かに愛し合っていた。その彼女が同時期に別の誰かと関係を持つなど、絶対にあり得ない。

龍之介は写真の中で笑う、ふたりの男の子を指で辿った。

自分に息子がいることに、はじめは驚き戸惑った。

それでも。

嬉しかったと言ったら、有紗は笑うだろうか?

彼女が去った後の龍之介の世界は無味乾燥なものだった。たったひとりで重い責任を背負い、巨大な企業をただ存続させるだけ。

出口のないトンネルを歩いていた龍之介にとって、子供たちの存在は暗闇の中に差し込むひと筋の光。その光を辿ればもしかしたら自分はこのトンネルから出られるかもしれない。そう思った瞬間に、彼女の人生を優先し、一度は押し殺した想いが再び息を吹き返したのだ。

双子という繋がりができた今、もう迷いはなかった。

すでに彼女の人生を巻き込んでしまっているならば、龍之介が選ぶ道はただひとつ。持てる力をすべてかけて三人を守り抜き、ともに歩む道だけだ。そのために人生をかける覚悟はできている。一生かかっても彼女の愛を取り戻す。

くるりと椅子を回転させ、青い空のもと穏やかに時を刻むベリが丘の街を眺める。まずは明日の話し合いで有紗にこの街へ戻ってくるよう説得する。そのための材料はすべて揃えた。

明日有紗が、この街へやってくる。それを思い浮かべるだけで、モノクロだった龍之介の世界が色づきはじめるのを感じていた。

＊＊＊

二年ぶりの天瀬商事副社長室は、有紗が去った日となにも変わっていないように思えた。

昨日、勤務先の花田文具に現れた龍之介は、有紗に本社への転勤を打診し、驚く周囲に説明をした。

『以前彼女には、私の第一秘書をしてもらっていたんだよ。こちらに再就職していると知って、またお願いしたいと思ってね』

それに皆湧き立つ。

『そうだったの⁉　さすがは真山さん』

『びっくりだけど、なんか納得』

『でも真山さんがいなくなるのは痛手ですね。もう海外からの発注も怖くないって思ってた矢先だから……』

その社員の懸念に、龍之介が本社から語学力と事務処理能力が確かな人材を派遣することを約束すると、一気に祝福ムードになったのだ。

『よかったね、真山さん』

『考えてみたら、真山さんにこんな小さな会社はもったいないもん』

『おいおい、それはないだろう』

困ったように笑う花田に、龍之介はあくまでも有紗の意思を尊重すると言ってくれて、無理強いはしないと約束した。

とにかく話をしようと言われ、今日は本社へ出社することになったのだ。

もちろん断るつもりだ。彼と一緒に働いて、双子のことを隠し通せるわけがない。

彼の子を、彼に言わずに秘密で生んだ。それ自体は後悔していないが、迷惑をかけたくないと思う。既婚者の彼に、子供がいることがわかったら大問題になってしまう。

さらに言うと、子供たちを大人の事情に巻き込むのは嫌だった。

「待っていたよ」

応接スペースの向かいに座る龍之介がにっこりと微笑んだ。

「おはようございます」

有紗は緊張したまま口を開く。昨日よりは少し落ち着いた気持ちで彼を見ることができた。

「久しぶりのベリが丘はどうだ？　迷わずに来られたか？」

有紗の緊張をほぐすためか、彼はまず世間話から入る。

「はい」

「昨日は驚かせて悪かった」

「いえ、大丈夫です」

その彼に有紗は最低限の答えを口にする。

この人事を断るために、どう言えばいいかわからなくて不安だった。有紗の意思を尊重すると彼は言ったが、普通は会社からの辞令は断れない。双子を育てていくために、仕事を失うわけにいかないというのに。

「そう警戒しなくてもいい。私は本人の意思を尊重すると花田社長に約束した。どう転んでも君が不利な状況にはならないと約束する」

キッパリと言って、彼はわずかに首を傾げた。

「まずは君の意思を聞こうか」

有紗は、膝の上に置いた手をギュッと握った。

「秘書室への異動はお断りいたします」

一気に言って目を伏せる。昨日散々心の中で練習した言葉だ。

「理由を尋ねても？」

龍之介からの問いかけに、有紗は沈黙する。

断りたい理由はふたつ。

彼に双子のことを知られるわけにはいかないから。

もうひとつは、現実的に考えて双子を育てながらの勤務で彼の秘書は務まらないからだ。

でもどちらの理由も言うわけにはいかない。かといって、彼が納得できそうな適当な理由は思いつかなかった。

黙り込む有紗に、龍之介がため息をついた。

「原因に、心あたりがないわけではないが……。とりあえず、そのことは一旦保留にしよう。今日は私からもうひとつ話があるんだ」

『もうひとつ話がある』という意外な言葉に、有紗は不思議に思って彼を見つめる。

龍之介が、静かに口を開いた。

「君はこの二年の間に、出産しただろう。双子の男の子を」

有紗は言葉を失った。

絶対に隠し通さねばならないと思ってここへやってきたというのに、まさかすでに知られているとは思わなかった。

「私がそれを知ったのは偶然だ。花田文具を買収する過程で気が付いた。少し調べさせてもらったよ。こそこそ調べるような真似をして申し訳なかったが、放っておけなかった」

有紗の頬が熱くなる。

本来なら、かつての秘書に子供がいても、放っておけないなんてことはない。彼が気にするのは、間違いなくル・メイユールでの一夜があったからだ。

「父親は、私だな？」

思ってもみなかった展開に頭がパニック状態だ。

「ち、違います……」

か弱い声しか出なかったが、有紗は一応否定する。否定するしかないのだ。彼に迷惑をかけるわけにいかないから。

「副社長には、関係ありません……！」

動揺する有紗とは対照的に、龍之介はあくまでも冷静だった。

「ではこの子たちの父親は誰だ？　相手はどこに行ったんだ？　君は結婚していないだろう。同じ時期に私とは別に恋人がいたということか？」

「……それは……」

双子のことを知られないようにと頭の中であれこれ対策してきたが、バレた時の言い訳は一切考えていなかった。

「私……」

「大丈夫だ。本当のことを話しても、君たちの不利になることは絶対にないと約束する」

龍之介が言い切った。

その言葉に、だから知られたくないのだ、と有紗は思う。

彼はどこまでも誠実で真っ直ぐな人だから、たとえ誰に非難されようとも責任を取ろうとするだろう。それについて嘘をついたりごまかしたりもしないはず。だけどそれでは、彼の妻を傷つけることになってしまう。

とはいえ、もう逃げ道はないように思えた。彼を納得させるには、別の父親を見つけるか、DNA鑑定でもするしかない。でもそのどちらもできないのだから。

目を伏せて有紗が無言で頷くと、龍之介が深い息を吐いた。

「か、勝手に生んで申し訳ありません」

胸の痛みを感じながら有紗が反射的に謝ると、龍之介が眉を寄せた。

「どうして謝る?」

「……相談もなしに勝手に生んで、副社長にご迷惑を……」

「そんな言い方をするな」

龍之介が、強い口調で有紗の言葉を遮った。

普段温厚な彼にしては珍しい言動に、有紗は目を見張って口を閉じた。

「……声を荒らげてすまなかった。だがそんな風には言わないでくれ。相談してほしかったとは思うが、できなかった気持ちもよくわかる。私は子供たちのことを迷惑だとは思っていない。謝るのは私の方だ」

真っ直ぐな視線と誠実な言葉に有紗の胸が熱くなり、あっという間に視界が滲む。

この人の子供だから、生みたいと思ったのだ。いけないこととわかっていてもどうしても貫きたかった。

龍之介が、有紗に向かって頭を下げた。

「大変な時期をひとりで過ごさせて申し訳なかった」

「そんな……！　頭を上げてください、副社長。副社長は悪くありません。なにも知らなかったんですから！　私が相談しなかったから……」

「だが、そうできなかったのは私の責任だ」

彼はそこで口を閉じて苦い表情になる。でもすぐに気を取りなおしたように口を開いた。

「これから先の話をさせてくれ。できるだけ早く認知して、君と子供たちを支えたい」

予想通りの言葉に、有紗は首を横に振った。

「そんなことはお願いできません」

「それは、君が私を子供たちの父親として認めたくないからか？」

「そうではなくて……」

「ならなぜだ？　俺たちの関係がどうだとしても、子供たちは自分の父親を知る権利がある」

有紗は口を噤む。彼の口から聞くのは怖いけれど、言わなくては伝わらないようだと覚悟を決める。

「子供たちにとってはその方がいいのは確かです。ですがそれでは奥さまが悲しまれるのではないでしょうか？」

龍之介が不意をつかれたように瞬きをした。そして眉を寄せる。

「奥さま……？　誰のことだ？」

聞き返されて有紗は驚きながら答える。

「渡辺さんです。……ご結婚されたんじゃないんですか？」

「渡辺って、秘書室の？　いや、そんな事実はない。私はずっと独身だ」

「え……？」

言い切る彼に有紗の頭が混乱する。

いったいどういうことだろう？

破談になった……？

フリーズしたまま ぐるぐると考える有紗に、龍之介が怪訝な表情になる。

「彼女はまだ秘書室に在籍しているが、当然結婚はしていない。……どうしてそう思うんだ？」

「え？　う、噂で……そう聞いたので」

「噂？　そんな噂どこから……とにかく私は独身だ。だから君が心配しているようなことにはならない。子供たちの話は進めていいな？」

龍之介が結論を出す。

有紗は唖然としたまま頷くが、頭の中はまだ混乱したままだった。

まるではじめから見合いの話などなかったかのような口ぶりだ。

だったら有紗は、とても重大な勘違いをしていたということになる。

「こちらの都合で申し訳ないが、君たちにはノースエリアにある私の家へ引っ越してきてもらいたい。これからの生活に必要なものはすべて私が面倒を見る」

まだ動揺から抜け出せない有紗をよそに、龍之介が話を進めている。その、突拍子もない内容に、有紗はさらに驚いて声をあげる。

「え？　引っ越し⁉　そんな……どうしてですか⁉」

「君たちを守るためだ」

龍之介が申し訳なさそうにした。

「私に子供がいることが世間に知られたら、君たちを巻き込むことになる。もちろん将来的には公表することになるが、まずは慎重に事を進めたい。ノースエリアにはゲートがあって居住者の許可のない者は街の中にも入れないから、私たちが会っていても大丈夫だ」

そこで有紗は、彼が週刊誌に追われる身だということを思い出した。確かに彼が子供たちと会っているところを撮られたら大変なことになってしまう。場合によっては社会的な信用を失いかねない。それこそが、有紗が心配していることだった。

でもだからといって同じ家に住むなんて、そんなことをしていいのかさっぱりわからなかった。

「厄介なことに巻き込んで申し訳ない。だが必ず守ると約束する」

力強く言い切る龍之介に、有紗は慌てて首を横に振った。

「そんな……。私は、大丈夫です。でもどうすればいいか……」

「同居は、とりあえずの措置だ。これからのことは、追々決めていこう。子供たちのことを一番に考えて」

『子供たちのことを一番に考えて』

その言葉が、混乱する有紗の頭にすっと届く。

確かにそうだ。今一番に考えるべきは子供たちのこと。

自分と彼との関係よりも、まずはそちらを優先するべきだ。

龍之介が立ち上がり、机から資料を持ってくる。そして有紗に差し出した。

「この街の子育て環境をまとめたものだ」

双子のことを知られてしまっていただけでなく、こんなものまで調べているとはと驚きながら有紗は資料を手に取り、目を通す。ベリが丘における子育て関連の施設やサービスがわかりやすく載っている。

さすがセレブの街ベリが丘、子育て環境も最高だ。

ノースエリア内には緑豊かな公園があり、櫻坂近くには幼稚園や保育園が揃っている。なにより安心なのはすぐ近くに『ベリが丘総合病院』があることだ。

ベリが丘総合病院は、日本屈指の最先端医療を提供する病院で二十四時間救急対応している。ノースエリアの患者には、送迎のサービスまであるという。よく熱を出す双子を抱える有紗にとって、これ以上心強いことはない。

今のアパートは病院から遠いため、ふたりを連れての通院は大変で、しかも病院が開いていない時間帯に限って熱を出すものだから、心配が絶えないのだ。

病院の資料を読み込む有紗に、龍之介が口を開いた。

「もちろん、私がいる時は車を出すが、いない時も送迎サービスがあれば安心だ」

「……安心……。確かにそうですね」

有紗の心が少し動いた。

龍之介が身を乗り出した。

「そこで、さっき保留にしていた秘書室への転属の件に話を戻したい」

「……はい」

「ノースエリアに住むのなら、本社の方が位置的にも働きやすいはずだ。当然以前と同じように働けとは言わない。本社における子育て中の社員が使える制度をフル活用してくれてかまわない」

天瀬商事の社員が使える子育て関連の制度は日本でもトップクラスだ。花田文具の今の恵まれた環境と同じ、いやリモートワークを選べるから、さらによくなる。

けれどそれは有紗側の事情だ。

「でもそれでは、副社長の秘書は務まらないと思います」

役員秘書の仕事はデスクワークではない。上司に付き添い、あれこれ気を配るのが主な仕事だ。

「今までと同じとは言わないと言っただろう？　できる範囲でできることをしてくればいい。他の部署も時短勤務の社員にはそうしているはずだ。真山なら、今までの四分の一の仕事量でも戻ってきてほしいと千賀が言っている」

「本当ですか⁉」

思わず大きな声で聞き返す。

室長の千賀がそんな風に言ってくれているのが嬉しかった。たった一年しかいられなかった秘書室での充実した日々が頭に浮かぶ。

乳児だった双子の育児だけをしていた時、花田文具で勤務をしていた一カ月間、それぞれ満足しているけれど、ふとした時に思い出して寂しい気持ちになったものだ。自分は秘書という仕事が大好きだったのだと思い知る日々だった。

その仕事をまたできるかもしれないと思うと、ドキドキと胸が高鳴った。

「あ……。子供を抱えて、そんな風に言ってもらえる価値が自分にあるかはわかりませんが」

少し興奮して大きな声を出してしまったことに気が付いて、有紗は頬を染める。

龍之介がふっと笑った。

「君は変わらないな」

「え？」

「いや、私としてもお願いしたい。私は結局、真山が退職してから第一秘書を見つけられず、秘書室全体でサポートしてもらっている」

第一秘書を見つけられていないという彼の言葉に、有紗は眉を寄せる。

有紗が退職した後は、新しい第一秘書が見つかるまでは秘書課全体で彼のサポートをすることになっていた。当面はそれで問題ないと思ったが、まさかずっとそうしているとは思わなかったし、それで大丈夫だとは思えなかった。

彼の仕事は役員の中でも飛び抜けて激務なのだ。業務に関することだけでなく体調面も気にかける専属の誰かがいる方がいいに決まっている。

有紗が彼の秘書に戻ったとしたら、たとえリモートだとしてもスケジュールの入れ方を工夫して、同行者に彼に関する注意事項の引き継ぎをして、深刻な案件は自分が行くようにすれば……。

「もちろん、君の希望が優先だ」

龍之介の言葉に、有紗はハッとする。

ほとんど無意識のうちに、頭の中で勝手に段取りしてしまっていた。

「なんなら働かなくてもいい。そもそも双子を抱えて働くのは大変だろう。君と子供たちに必要な費用は生涯にわたって私が保証する。当面の間、育児に専念したいならそれでもいい」

「そんな……そんなことお願いできません」

有紗は首を横に振った。子供たちはともかく自分まで彼に面倒を見てもらうなんてあり得ない。

「私、働きます」

龍之介が眉を上げた。

「それは、どこで？」

再び選択を迫る彼に、有紗はしばらく考える。

秘書に戻れないと思った原因はふたつ。

ひとつめは、彼に双子のことを知られたくなかったから。ふたつめは子供を抱えての勤務では秘書課は務まらないと思ったからだ。

すでにふたつとも解消されている。

ならばと、有紗の心は大きく傾く。大好きな仕事に復帰できるまたとないチャンスだ。逃したくない。

「同居は決定ですか？」

尋ねると彼は申し訳なさそうにしながらも、揺らぐことなく頷いた。

「ああ。保育園もすぐ近くにある。引っ越しを終えたらすぐにでも通えるよう手続きするよ。子供たちのことを最優先に決めてくれ」

『子供たちのことを最優先に』

その言葉が有紗の背中を押す。

この先どうなるのかまったくわからない。だからこそ今は考えうる限り最善の選択をするべきだ。子供たちのために。

「わかりました。秘書に戻らせていただきます」

真っ直ぐに彼を見てそう言うと、龍之介が満足そうに頷いた。

＊＊＊

「失礼します」

少し硬い声でそう言って、有紗は部屋を出ていった。

静かに閉まる扉を見つめて、龍之介は息を吐いた。話し合いは、思い通りの着地点に落ち着いた。まずまずのスタートを切ったと言えるだろう。

彼女がここへ戻ることにしたのは、子供たちと仕事のため。自分から進んでそう決めたわけではない。それでも、すべてが思い描いた通りに進んでいるということに、龍之介は笑みを浮かべる。

二年ぶりにじっくり話をした有紗は、龍之介の知らない顔を見せた。

資料を読み込む真剣な眼差しは、まさに母親のそれで、視線が吸い寄せられ離せなくなった。それでいて、復職の話に目を輝かせる様子は、龍之介のよく知る仕事が大好きな彼女のままで、胸が熱くなるのを止めることができなかった。

どちらの有紗にも心が強く揺さぶられ、彼女への想いを押し殺そうとした二年間の努力はまったく無駄だったのだと痛感した。

話し合いがまとまったのなら、さっそく有紗と子供たちを迎え入れるための手筈を整えよう。

ジャケットの内ポケットから携帯を取り出そうとした龍之介は、その手が少し強張っていることに気が付いて苦笑する。

仕事柄、交渉事には慣れている。どんなに巨額の取引でも平常心でいられるはずが、知らず知らずのうちに力が入っていたようだ。そのくらい今回の彼女との面談は、龍之介にとって重要な、失敗できないものだった。

そうだ、浮かれるにはまだ早い。

再び有紗を腕に抱くまでの道のりは、はじまったばかりなのだ。焦る必要はないが、ひとつひとつ確実に事を進めなくては。

有紗と子供たちと、これからの人生を歩むために。

まず自分がしなくてはならないのは、生活の基盤を整えて、彼女が安心できる環境を作ること。

自分の気持ちをぶつけるのはその次だ。

昂る気持ちを抑え自分自身にそう言い聞かせて、龍之介は携帯の画面をタップした。

第三章　変わらない想いと、突然のプロポーズ

「やー！　あーう！」

「たばばば」

圭太と康太が、楽しそうに柔らかいラグの上を転げ回る。

畳んだばかりの洗濯物が並べてあるのもおかまいなしだから、タオルまみれである。

「けいくん、こうくん。ママせっかく畳んだのに」

有紗は笑みを浮かべながら一応抗議するが、彼らが聞くはずもない。むしろなおさら盛り上がるばかりである。夢中になって、タオルを引っ張り合ったり放り投げたり。

有紗はそのタオルをキャッチして、無駄だと思いながら畳む。案の定そのタオルはまたすぐに宙を舞う。さっきからこの繰り返しである。

有紗がベリが丘ノースエリアにある龍之介がひとりで住むこの自宅に双子とともに引っ越してきて、一週間が経った。

副社長室で彼と話をしたあの日、有紗が転勤に同意すると、龍之介はすぐに引っ越しから保育園の手続きに至るまですべての手筈を整えた。そして有紗には花田文具へ

の挨拶を済ませた後、二週間休みを取るように命じた。

『育休だ。引っ越しだけじゃなくて子供たちがこっちの生活に慣れるのにも時間が必要だろう。二週間で足りなければ、延長もできる』

転属してすぐに育休なんて申し訳ないが、確かに双子を連れての引っ越しは大変だ。新しい生活に子供たちがどう反応するのかもわからなかったから、有紗は素直にその話を受けた。

一方で、龍之介本人は次の日から海外出張で日本を離れることになっていた。

『手伝えなくて申し訳ない。信頼できる人間を引っ越しの手伝いとして依頼した。家に来てからの移動手段として車を手配しておく。なにかあれば連絡してくれ』

すべてを整えてくれたというのに、心底申し訳なさそうに彼は言った。

もとより、有紗と子供たちのことを手伝ってもらう理由はない。それに有紗はその方がいいとも感じていた。子供たちをいきなり彼に会わせるのが不安だったからだ。

引っ越しだけでも双子にとっては一大事。住む家と保育園がいっぺんに変わるなんて、世界がひっくり返ったように感じるはずだ。それなのに、いきなり知らない男性と暮らすのはハードルが高すぎる。

とはいえ、引っ越しはすべてが順調に進んだ。龍之介からは、家財道具は揃っているからなにも持ってこなくていいと言われていたが、本当にその通りだったからだ。しかもそれは子供たちに合わせたものだった。

引っ越し当時、迎えにきた車に乗って家に着いた有紗と子供たちを出迎えたのは、龍之介からすべてを任されたというコーディネーターたち。がらんとした広い彼のリビングルームで、有紗はカタログを見せられた。

『もともとあった小さなお子さまがいるご家族にはそぐわない家具は、引き上げさせていただいております。この中から、真山さまがお子さまたちにいいと思われるものをお選びください。すぐに設置いたします。お使いになられてみてから合わなければ交換もできますよ』

唖然としながらやんちゃな双子がいても危険ではなさそうなものをいくつか選ぶ。値段が書かれていなくて不安だったが、テーブルも椅子もないのは不便だからだ。

すると午後には、すべての物が運び込まれた。おまけに、ふたりの服や食器、おむつなどの消耗品から離乳食に至るまですべてのものが揃っていた。あっという間に、有紗と子供たちが住むのに快適な家になったというわけだ。

そして引っ越しが終わると『ベリが丘保育園』へ見学に行った。保育園は、ビジネスエリアにほど近いベリが丘総合病院のすぐ近くだ。櫻坂の桜並木が見える広い園庭がある新しい建物だった。

園児の数はそれほど多くはないようで、その分、先生たちの目が行き届いている。見学の時から園庭の遊具に目を輝かせていたふたりは、さっそく次の日から、数時間ずつ通うことになった。

一週間が経った今は、もうすっかり慣れて、朝の九時から夕方の四時まで保育園で過ごしている。その間、有紗は各種手続きをひとつずつ済ませていった。

「きゃー！」

圭太が声をあげて、有紗が今畳んだばかりのタオルを奪い放り投げ、その場でジャンプする。

「あ、けいくん……！」

慌てて有紗は彼を止めようとして、ハッとして口を閉じた。ここはもといたアパートではない。

有紗がもともと子供たちと住んでいたのは、木造二階建ての古いアパート。壁が薄かったから、部屋の中の音は隣の部屋へ筒抜けだった。有紗はいつも神経を尖《とが》らせていたのだ。ふたりが泣くだけでもヒヤヒヤして、ジャンプなんてもってのほかだった。

でもここは、広い敷地に建つ一軒家。双子が騒いでも誰にも迷惑はかからない。

圭太につられて、康太もジャンプする。楽しそうなふたりの姿に、有紗も嬉しくなった。手を叩いてふたりを褒める。

「すごい。上手にジャンプできるねえ」

ついこの間歩きはじめたばかりなのに、毎日できることがどんどん増えていく。それを、すぐに喜んであげられるのがありがたい。

彼との同居に関しては複雑だけれど……。

はしゃぐふたりを見つめながら、有紗は龍之介との今後に思いを巡らせた。

副社長室での面談で龍之介が話をしたのは子供たちのことのみ。有紗と龍之介の関係についてはなにも言わなかった。おそらく、子供たちの父と母として、良好な関係を築いていこうということだろう。

それに異論があるはずもなく、ただありがたいと思う。

だからこそ有紗は不安だった。

二年ぶりの再会で、彼への想いがまったく変わっていなかったことを痛感した。気持ちに区切りをつけて、あの夜の出来事は過去の思い出にしたつもりだったけれど、まったくそうではなかったのだ。

でもこの気持ちは、親切にしてくれる彼にとっては迷惑でしかないだろう。

彼は子供たちに対して父親としての責任を果たそうとしているだけなのに。

……とはいえ。

洗濯物を畳む手を止めて、有紗は家の中を見回した。

同居といっても有紗が当初想像していたのとは随分違うものになりそうだった。なにしろ家が恐ろしく広い。

広い敷地に建つ邸宅は、一階にリビングとダイニング、キッチンと水回りがあり、いくつかの個室がある。有紗はそのひとつを使わせてもらうことになった。

龍之介の書斎と寝室は二階で、専用のバスルームがついている。

一般的な一軒家の造りではあるもののひとつひとつが大きい。これだけ広ければ、家にいてもあまり互いの気配を感じないで済むはずだ。

しかも彼は常に多忙であまり家にいないから、家で顔を合わせることは少なそうだ。

同居というよりは、ルームシェアのような感じになるだろう。

ならば、なんとか彼への想いに気付かれずに、やっていけるかもしれない……。

そんなことを考えている有紗の手から圭太が洗濯物を奪いソファの方へ放り投げる。

「あ、けいくん!」

そのすきに、康太が畳み終えた洗濯物の山にダイブした。

「こうくん！」

ふたりともきゃーきゃー言いながらゴロゴロと転がっている。

「もう……」

このままではいつまで経っても洗濯物は片付きそうにない。笑い転げるやんちゃな怪獣を見ているうちに、有紗も笑いが込み上げてくる。

「そんなことする子は……こうしてやる！」

そう言ってふたりともを捕まえて優しくラグに寝かせる。ふたり同時にくすぐると、ふたりは嬉しそうにきゃー！と声をあげてジタバタと暴れ出した。有紗は自分もラグに転がって、子供たちを抱きしめる。

「観念した？」

「あばば」

「うー」

ふたりにキスをして頬と頬をくっつけると、胸の中が幸せな思いでいっぱいになる。

この時間が自分を強くすると有紗は思う。

子供たちと自分の行く末がどうなってしまうのか、わからなくて不安だけれど自分がなんとかするという勇気が湧いてくるのだ。

そこでふと、物音が聞こえて顔を上げ、ハッとする。

鞄を手にしたスーツ姿の龍之介が立っていた。

「あ、おかえりなさいませ」

有紗は慌てて起き上がる。立ち上がろうとするのを彼は止めた。

「そのままでいい。今は仕事中じゃない」

有紗は彼の言う通りその場に座りなおす。が、なんだか居心地が悪かった。

「お早いおかえりだったんですね……」

時刻は午後四時半、彼が今日の昼の便で帰国するのは知っていたが、こんなに早く帰宅するとは思わなかった。海外出張の際は大抵、彼は空港から直接会社へ行き、残務処理をする。まだ外が明るい時間に帰宅することなんて有紗が知る限りはない。

「声もかけずに悪かった。あまりにも楽しそうだったから」

そう言って彼は、優しい目でこちらを見ている。そのままこちらへ来ようと一歩踏み出したところで足を止める。双子がやや不安そうに、有紗の両脇にしがみついて、龍之介を見ているからだ。

「いきなりは、怖いだろうな。……着替えてくるよ」

龍之介が笑みを浮かべて双子をジッと見つめる。そしてスーツケースを持ち二階へ上がっていった。

いよいよ彼との新しい生活がはじまる。

それを実感して、有紗は両脇の双子をギュッと抱きしめた。


しばらくすると、龍之介がスーツから部屋着に着替えて一階に下りてきた。

リビングで有紗たち三人と対峙する。

「こちらが圭太で、こちらが康太です」

まず有紗は彼に双子を紹介した。ふたりは相変わらず、不安そうに有紗にぴったりくっついたまま龍之介をジッと見ている。

「よろしく」

龍之介がにっこりと笑いかけても、そのままだ。

龍之介も無理に距離を縮めようとはせずにその場から動こうとしなかった。ふたりを怖がらせないためだろう。

でも視線は離さない。優しげにふたりを見比べて口を開いた。

「髪が違うんだな」

「はい。顔はそっくりなのに珍しいねって言われます」

「圭太は母親似で康太は父親似か」

その言葉に、有紗の胸がドキンと大きな音を立てた。

髪は両親それぞれに似た。よく言われる言葉だ。

でもそれを父親である彼本人の口から聞くと全然違って聞こえる。改めて、双子はあの夜の証なのだということを直接口にされたような気分だった。

頬が熱くなっていくのを感じながら、目を伏せる。

そんな有紗に気が付いて、龍之介も目を逸らして掠れた声を出した。

「あ……いや」

「あっぶー」

圭太が龍之介を指さして不思議そうに首を傾げた。

双子は性格も少し違っていて、圭太はなにに対しても好奇心旺盛、康太は少し怖がりだった。圭太は、龍之介を怖い相手ではないと思ったのか、誰だ?というように有紗を見る。

有紗は子供たちをギュッと抱いて少し考えた。彼らに龍之介のことをなんと紹介するべきかわからなかったからだ。

今はまだ小さいから、曖昧に話をしてやり過ごすことはできる。けれどこれからずっと龍之介となんらかの形で関わっていくなら、いずれは話をすることになる。それならばはじめから正しいことを話しておきたかった。子供は大人が考えるよりずっと敏感だ。

両親に婚姻関係がなく一般的な家族の形でないことは、様子を見ながら話せばいい。そう心に決めて有紗は口を開いた。

「この人はね、けいくんとこうくんの……パパよ。これから一緒のお家に住むからね。……すみません。副社長。この子たち、私の父以外に大人の男性と接する機会があまりなくて、男の人ってだけで緊張しちゃうんです……」

とそこで有紗は言葉を切って首を傾げる。

「副社長？」

彼が口もとを手で覆ったからだ。

「あの……？」

「……なんでもない。いやなんでもなくないな。そんな風に呼ばれるのははじめてだから」

いつも冷静な彼にしては珍しく、少し動揺しているようである。

「す、すみません……！　子供たちにパパと言わせるのは……よくないですよね」

子供たちのことを最優先に考えてのことだけれど、確認もせずに勝手に彼をパパだと紹介してはいけなかったのかもしれない。

「いや、そうではない」

龍之介がやや強く有紗の言葉を否定した。

「そうではなくて、子供たちにそう呼ばせてくれることが……その、嬉しかったんだ」

そう言って彼は咳払いをした。その瞳が少し揺れていることに気が付いて、有紗は心底驚いた。

突然現れた自分の子供たち。戸惑い、迷惑に思っても仕方がないのに彼は精一杯責任を果たそうとしてくれている。それだけでも十分なのにパパと呼ばれることを『嬉しい』と言ってくれるなんて。

「ふたりとも今すぐにでも抱き上げたいくらいだが、いきなりはやめておこう。嫌われたくはないからな。まずは同じ空間で過ごす時間をなるべく取りたい。今日はそのために帰ってきたんだ。君もできれば協力してほしい」

「副社長……もちろんです」

双子のために帰ってきたのだと言う彼に、有紗はまたもや驚いた。巨大な企業の上に立ち、たくさんの人の人生を背負っている彼にはやることは際限なくある。それなのに、ふたりのために時間を割いてくれたなんて……。

龍之介が気を取り直したように、もう一度咳払いをした。

「夕食はどうするんだ？　今から作るのか？」

「はい。材料は買ってあります。でも、私たちの分だけで……。すみません、こんなに早くお戻りになると思わなかったから」

「気にしなくていい。俺は後でデリバリーを頼む。君は家では俺のことは一切なにもしなくていい。それより夕食のメニューはなんだ？　材料はキッチンか？」

「……はい。野菜を入れたうどんにしようと思ってて。冷蔵庫をお借りしてます」

すると龍之介は、頷いて立ち上がる。

「俺が作る。君は子供たちと一緒にいてあげてくれ。知らない人がいるのにママが離れると怖いだろう」

「え？　副社長が……ですか？」

「心配しなくても、うどんくらい作れるよ。独身の駐在員には自炊は必須だ」

戸惑う有紗に龍之介はふっと笑う。そのままキッチンへ行く。

「なにか注意することは？」

「え⁉　えーっと、普通よりも柔らかく煮てください。それから長いと食べづらいので短く切っていただけるとありがたいです。できれば少し薄味で……」

唖然としながら有紗が言うと、彼は「了解」と答えて、冷蔵庫を開けて材料を確認している。

「卵は食べられるか？」

「はい、……大丈夫です」

彼は鍋を出してさっそく作りはじめた。

――しばらくすると、キッチンから出汁のいい香りが漂ってくる。

誘われるように圭太が有紗から離れてよちよちとキッチンを覗きにいく。さすがにそばまでは行かないけれど、入口辺りで龍之介を見ている。

龍之介が彼に声をかける。

「もうすぐだからな」

その柔らかな声音と愛おしげに圭太を見つめる眼差しに、有紗は不思議なものを見ているような気分になる。

巨大な企業を率いている彼は、毎日巨額の取引に挑み続けている立場なのだ。そのような場では厳しい顔を見せることも少なくはない。その彼が今は子供たちのために夕食を作っている。しかも驚くほど優しく圭太に話しかけている。

はじめて見る彼の意外すぎる一面に、有紗の胸がキュンと跳ねた。

「できたぞ、子供たちを座らせてくれ」

龍之介が、ダイニングテーブルにできあがったうどんを並べた。柔らかく煮た野菜にふわふわの卵の餡がかかっていて美味しそうだ。しかも有紗の分まである。

「すみません、私の分まで」

「ふたり分も三人分も変わらないよ」

早く食べたいと興奮するふたりを有紗はダイニングテーブルに座らせる。子供用のチェアは、これは絶対に必要だからとコーディネーターに言われて用意してもらったものだ。

「なるほど、丸いテーブルなら安全なのか」

龍之介がテーブルを手で撫でて呟いた。

有紗がコーディネーターのアドバイスを受けて選んだダイニングテーブルは、角がない楕円形のものだ。安全なだけでなく、尖った方に有紗が座り両側にふたりを座らせると、食事の手伝いをいっぺんにすることができる。

「勝手に選んですみません」

彼から見れば、帰国後リビングもダイニングもすべてが変わっているのだ。使い勝手は違うだろうし、リラックスできないかもしれない。

龍之介が、首を横に振った。

「そうしろと言っておいただろう。謝る必要はない。毎日過ごす場所なんだから子供たちが居心地のいいようにしてくれ」

そしてうどんをふたりの前に置き、有紗の分を少し離れた場所に置いた。

「君はこっちで食べたらどうだ？　ふたりの面倒は俺が見るよ」

「え……でも」

「嫌がるなら代わるから」

夕食の準備と同様、意外すぎる申し出だ。まさか彼が双子の食事の世話までしたがるとは思わなかった。

「でも……こぼすので、汚れますから」

「望むところだ」

楽しげに言って、彼はふたりの間の席に座る。

有紗は子供たちの様子を伺うが、ふたりはとくに気にすることもなくいい匂いをさせているうどんに夢中である。龍之介がフォークを渡すと、すごい勢いで食べ出した。

とりあえず大丈夫そうだと安心して有紗も自分の席に座り、手を合わせる。子供たちと一緒に食事をしていてちゃんといただきますができるなんて、はじめてだ。いつもは彼らを食べさせる合間に、自分の分を急いで食べなくてはならないから、食べたかどうかもわからないくらいだった。

子供用のフォークを使い、器用にうどんを口に運ぶ双子に龍之介が感心したように目を細めた。

「へぇ、うまいもんだな」

「保育園に通い出してから、急にいろいろできるようになったんです。やっぱり同じくらいの子たちに囲まれると刺激になるみたいで」

「保育園はどうだ？　慣れそうか？」

「はい。すっかり慣れました」

そんな会話をしながら有紗もうどんをひと口啜り、驚いて目を見開いた。

「美味しい！」

少し薄味のうどんは、出汁がしっかり効いた優しい味で、柔らかく炊いた野菜に卵の餡が絡んで、美味しかった。普段野菜はあまり食べない双子が一心不乱に食べているのも納得だ。

「副社長、料理がお上手なんですね」

離れる前の一年間、ほぼ毎日一緒にいたけれど彼のプライベートに関してはほとんど知らなかった。

「たいしたものはできないよ。駐在時代に自分が食べるためにやっていただけだから」

海外駐在員は、妻帯者でもない限り自炊は必須だ。もちろん外食で済ませる者もいるけれど、地域によっては、それすらままならないところもある。彼は世界中を飛び回っていたのだから、料理ができてもおかしくない。

でも週刊誌に載るような華やかな海外駐在時代を送っていた彼には、なんだか合わないように思えた。

「自分が食べるためだけの料理とも言えないものばかりだから、誰かに食べてもらうのははじめてだ」

龍之介がそう言った、その時。

ガシャン！

圭太がうどんの器をひっくり返した。

もうほとんどなくなっていたとはいえ、汁が垂れて床まで落ちる。

有紗は慌てて立ち上がった。

「けいくん、大丈夫？」

幸いにして、もううどんは熱くない。そもそも彼にはかかっていなかった。

それを確認してから、今度は龍之介に頭を下げる。

「すみません。すぐに……」

「大丈夫、俺がやるから。いや、先におかわりだな。多めに作っておいてよかった。君は食べていて」

龍之介はそう言って立ち上がり、キッチンへ行く。そしてまずはおかわりを持ってくる。今度は少し汁が少なめだ。

「まだまだあるからな」

「あーう！」

圭太が嬉しそうにしてまた食べはじめるのを確認して、キッチンからペーパータオルを持って戻ってきた。

当然のようにテーブルも床も綺麗にしていく龍之介を、有紗は唖然として見ていた。

「どうした？」

「な、なにも……ありがとうございます。すみませんでした」

「どうして君が謝るんだ。俺が子供たちを見ていたんだから、俺のミスだろう」

微笑んで彼は、ペーパータオルを捨てにキッチンへ行く。

その背中を見つめながら、有紗はこの状況をどう受け止めていいかわからず、複雑な気持ちになった。

「今日はありがとうございました」

ソファに座る龍之介の前に、有紗はコーヒーを置く。

「ありがとう」

龍之介は答えるが、視線はリビングの一角に作られた双子のためのプレイコーナーに向いている。さっきまで双子がきゃあきゃあ言いながら彼に遊んでもらっていた場所だ。

美味しいうどんを食べた後、少し彼に気を許した双子は、しばらく彼と遊んだ。抱き上げて高い高いをしてもらったり、追いかけ合いをしたりと大騒ぎで、すっかり仲良くなったのだ。

その後ふたりは風呂に入り、今は寝室でぐっすりである。

これならばなんとかやっていけると、とりあえずホッとしてはいるが、想定していた同居生活とはまったく違うはじまりに有紗は戸惑っていた。

彼との同居生活は、広い家で、彼に迷惑がかからないように互いにあまり関わらないように過ごすのだと思っていた。

それなのに、初日から思い切り関わってしまっている。

「子供たちは家に慣れたみたいだな」

「はい、なにからなにまで準備していただいて……ありがとうございます」

プレイコーナーは、引っ越してきた時にはすでに、コーディネーターによって設置されていた。龍之介の指示だという。

「いや、大したことはできていない。必要なことはなんでもするから相談してほしい」

言いながら龍之介が手を差し出して、有紗に座るように促した。

有紗はコーナーソファの斜めの位置に座る。あの面談の日以来のふたりきりという状況に、鼓動がドキドキとスピードを上げた。

龍之介がコーヒーをひと口飲む。そしてカップを置いて有紗を見た。

「少し話をしようか。これからの生活について、いくつか決めておきたいことがある」

「はい」

有紗は緊張して答えた。

有紗と双子、龍之介が一緒に生活する上で、ルールを決めるのは当然だ。

多忙を極める彼がリラックスできるのは自宅だけで、しかもそれすら、ほんの少しの時間しか取れないのだ。

有紗側が気を付けなくてはならないことは、山ほどある。自分から言い出さなかったことを恥ずかしく思うくらいだった。

「今まで別々に暮らしていた者同士うまくやっていくために、お互いの意見を出し合おう。まずは君から」

「……と、とくにはなにも……」

考えることもなく有紗が言うが、龍之介は納得しない。

「遠慮するな。子供たちのことを考えたら、いくらでもあるはずだ」

そう言われても、もうすでに十分すぎるほどの環境を整えてもらっている。これ以上望むものなどない。

「本当に大丈夫です。新しい保育園も、家も過ごしやすくて子供たちは気に入っていますから。以前よりふたりとものびのびしています」

本心からそう言うと、彼は一応頷いた。

「ならいいが。だが、思いついたことがあったらその都度遠慮せずに言うように。じゃあ、俺からもいくつか。同居にあたって約束してほしいことがある」

「はい」

ここからが本題だ。

子供たちも含めて約束できる内容ならいいのだけれど……。

背筋を正して緊張する有紗に、龍之介が真剣な表情で口を開いた。

「子供たちのことで俺に謝るのは禁止だ」

「………え？」

言われたことが意外すぎて、有紗は瞬きをしたまま、すぐに答えられなかった。その有紗に、彼は説明する。

「さっき、圭太がうどんをこぼした時のように、彼らが俺になにをしても、君が謝ることなどない。子供たちが騒いだりなにかを汚したりするのはあたりまえだろう」

「で、でも……」

「例えば家が汚れてもなにかが壊れたとしても想定内だ。怪我をしなければそれでいい。俺はここでは子供たちにのびのび過ごしてほしいと思っている。それはもちろん君にもだ。いちいち謝る必要はない」

まるで有紗のこれまでの育児を見てきたような言葉だった。やんちゃな双子は可愛いけれど、時に困ったことをする。

スーパーや役所などに連れていくたびに有紗は周囲に謝ってばかりだった。

家では気を使うなということだろう。それでも素直に頷けなかった。

双子がやんちゃなのは仕方がない。それを止めることはできないかもしれないが、母親が謝ることは大切だと思うから。

「副社長がそう思ってくださるのはありがたいです。ですが、それでは私の気が済みません」

きっぱりと有紗は言う。謝らないなんてそっちの方が気が重い。

龍之介が身を乗りだして、有紗を真っ直ぐに見つめた。

「俺は君と、子供たちを育てたいんだ」

有紗は目を見開いた。

「ここからはお願いになるんだが、父親として一緒に子供たちを育てさせてほしい。子供たちがすることに、父親が謝られることはない。二年も放っておいて今さらと思うだろうが」

「副社長……」

まさか彼が法的なあるいは金銭的な責任を取るというだけではなく、父親として子育てに関わるとまで言うとは思わなかった。

世界的企業を動かす彼が、血が繋がっているとはいえ、結婚していない相手との子を……。

「俺に、その資格はないだろうか？　一緒に子育てをする相手として不安か？」

眉を寄せて彼は有紗に問いかける。

有紗は首を横に振った。

「そんなことは……」

二年間離れていたのは、彼のせいではない。それに彼はふたりの存在を知ってからは、最大限できることをしてくれている。

さっきはうどんを作ってくれて、子供たちとたくさん遊んでくれた。不安どころか子供たちにとってはいいことに違いない。どんなに愛情深く育てても、有紗は父親の代わりにはなれないのだから。

「そんな風には思いません。ただ、そこまで考えてくださっているとは思っていなくて……驚いただけです」

言葉に力を込めて有紗が言うと、龍之介が安心したように微笑んだ。

「ありがとう。さっそく明日から子供たちのことについていろいろ教わろうと思っている。四日間、仕事を休むことにした」

「え⁉　四日も？　子供たちのために……？」

「ああ、四日しか取れなくて申し訳ない。ここ最近まともに休んでいなかったから千賀からはむしろ大歓迎だと言われたが」

「……なら、子供たちのことはまたにして、ゆっくりお休みになられた方が……」

彼のコンディションは会社の経営に直結する。なににおいても優先するべき事柄だ。

龍之介が有紗をジロリと睨んだ。

「君は休みの日に、ゆっくり休めるのか？」

「え？　……いえ」

有紗の休みは休みではない。双子の相手をしながら溜まった家事をしなくてはならないからだ。それもできればいい方で、たいていは双子にかかり切りになっているうちに一日が終わってしまう。ゆっくり休むなんて、夢のまた夢だった。

「俺は子供たちのことをするために仕事を休むんだ。ゆっくりするために休むのではない」

きっぱりと言う彼の勢いに圧倒されて有紗は頷く。

「わ、わかりました……」

龍之介が声を和らげた。

「もちろん、君と子供たちの気持ちを最優先にする。今までふたりを育ててきたのは君だ。手を出してほしくないところもあるだろう。とりあえずそれを探るためにもやらせてほしい」

「……ありがとうございます」

胸に言いようのない安心感が広がった。シングルマザーとしての双子の子育ては、幸せでもあるけれど、過酷だった。

とくにこちらへ来てからの数カ月は本当に大変で、故郷では父がいてくれたから乗り越えられたのだということを痛感する毎日だった。いつまでこの日々が続くのかと未来に対する不安に押しつぶされそうになり、夜眠れなかったこともある。

金銭面だけでなく、彼が父親として子育てを一緒に担ってくれるなら、こんなにありがたいことはない。

「ありがとうございます」

声が少し震えてしまう。

「受け入れてくれてありがとう」

龍之介が優しい声を出した。

「もうひとつ、約束してほしいことがあるんだが」

「はい」

「家では『副社長』は禁止だ。俺のことは下の名前で呼べ。俺も家でそうする」

「え⁉ な、名前で？」

またもや意外な彼からの要求に、有紗は目を剥いた。

そんなことできるはずがないと思うのに、彼は当然だというかのように頷いた。

「母親が父親を『副社長』と呼ぶ家があるか？ 俺たちの関係がどうだろうと子供たちには関係ない。なるべく安定した環境で育てたい」

「そ、それは……そうですが」

彼の言うことは間違っていないと思うけれど、だからといってできるかと言われれば別だった。

「副社長のことを名前で呼ぶなんて私にはできません……！ 子供たちにとっては父親ですが、私にとっては副社長ですし……」

龍之介が目を細めて立ち上がる。そしてこちらへ来て、有紗の隣に腰を下ろした。

「有紗、子供たちのためだ」

有紗は目を見開いて息を呑む。自分の意思とは関係なく頬が熱くなっていく。

彼に名前を呼ばれたのは、ル・メイユールで一夜を過ごしたあの夜以来だ。

ベッドで自分の名を呼ぶ甘い響きを帯びた低い声音。夢の中で何度聞いたかしれない彼の声を現実に耳にして、平常心でいられない。

「ですが……」

「それに俺も家ではリラックスしたい。副社長と呼ばれていては切り替えられない。そういう意味でも名前で呼んでほしい。ほら、練習だ。今呼んでみてくれ」

そうとまで言われては、これ以上拒否できない。

彼は首を傾げて、どこか楽しげな表情で有紗の言葉を待っていた。

「りゅ、龍之介さん……」

なんとか有紗が言い切ると、龍之介がよくできましたというかのように、柔らかく微笑んだ。

その視線に、有紗の胸は高鳴って、同時に急速に自信をなくしていく。こんな風に接していて彼への想いを隠し通すなんてできるだろうか。

それに、この曖昧なふたりの関係が彼の立場や将来に影響を及ぼさないかが不安だった。

「どうした？　……そんなに嫌か？」

目を伏せる有紗に、彼が眉を寄せる。

有紗はためらいながら口を開いた。

「そうした方がいいのはわかりますし、嫌だとは思いません。でも……その……ここまでしていただいて、りゅ、龍之介さんに迷惑がかからないかと不安です」

「迷惑？」

「龍之介さんは、お付き合いしている方はいらっしゃらないのでしょうか？　……もしいらっしゃるなら、私と名前を呼び合っていては、相手の方が悲しみます……」

　本当はこんなこと聞きたくない。でもやっぱり確認しておいた方がいいだろう。子供たちのことを最優先に考えて今こうしているが、彼に迷惑をかけたくない気持ちは変わらない。

　彼が肩を竦めた。

「なにを言い出すかと思えば。心配しなくても付き合っている相手などいない」

　そうは言っても彼は三十三歳、元華族天瀬家の長男なのだ。いつまでも独身でいられるはずがない。

「でも、これから先、縁談だって……」

「期待に添えなくて申し訳ないが、その予定もまったくない。今のところ俺は一生独身を通す予定だ」

「そんな……どうしてですか？」

そんなこと、許されるはずがないと有紗は思う。詩織との縁談が噂に過ぎなかったのなら、他のところから降るように結婚の話がくるはずだ。

龍之介が切れ長の目を細めた。

「……どうしてか知りたいか?」

問いかけながら、有紗との距離を詰める。有紗の後ろの背もたれに腕を回した。

ふわりと感じるムスクの香りと、自分を見つめる鋭い視線。有紗の背中を甘い痺れが駆け抜けた。

「ル・メイユールの夜以来、俺は有紗以外の女性に興味がなくなったんだ。だから結婚はおろか、恋人もできなくなったというわけだ」

唐突にあの一夜のことを口にされて、有紗は目を見開いて息を呑んだ。

「なんなら責任を取ってほしいくらいなんだが?」

「え!? 責任!?」

考えてもみなかった彼の答えに、有紗は声をあげて固まった。彼が女性に興味がなくなったという話も、責任を取るということも、いったいどういうことなのか、まったくわからない。

混乱したまま、なぜか少し楽しげな笑みを浮かべる龍之介を見つめる。

その有紗に龍之介が噴き出した。

「冗談だ」

そのまま向こうを向いて笑っている。

「そんなこの世の終わりのような顔をするな。傷つくじゃないか」

そこでようやく有紗はからかわれたのだと気が付いた。

「だだだだって……！　副社長が、そんな冗談を言うと思わなくて」

恥ずかしさと驚きで頬が熱くなるのを感じながら、有紗が思わず言い返すと、彼は笑いながら答えた。

「嘘をつくな、有紗は俺のこういうところも知っているはずだ」

その言葉に、有紗の胸がドキンと跳ねる。彼の秘書だった頃に時折垣間見た、リラックスした彼が頭に浮かぶ。

「ちょっと仕返しをしたくなったんだよ。有紗が俺の痛いところをつくから」

「い、痛いところって……」

「そうだろう。なぜ結婚できないかを直接本人に聞くなんて、立場が逆ならセクハラだ」

そう言って彼は立ち上がり、有紗を見下ろした。

「とにかくそういう気遣いは一切無用だ。話し合いはこれで終わり。俺は風呂に入る」

楽しげに言って、ドアに向かって歩き出す。

ドアを開けて振り返った。

「さっきの約束は厳守だ。わかったな、有紗」

そして部屋を出ていった。静かに閉まるドアを見つめて有紗はそのまま動けずに、ドキドキと鳴る胸の鼓動を聞いていた。

冗談、と彼は言うけれど、いったいどこまでがそうなのだろう？

少なくとも有紗の方は、あの夜からずっと彼のことだけを想い続けている。

視線の先には、子供たちのためのプレイコーナー。さっきまでそこで遊んでいた三人の姿が目に浮かぶ。

龍之介は驚くほどのスピードで、有紗が安心して子供たちを育てていくための生活基盤を整えてくれた。

好きな仕事に復職できて、子供たちがのびのびと過ごせる家がある。どうなるかわからないと思っていた将来への道筋が、明るく思えるくらいだった。

一方で、龍之介との関係は相変わらず不安定なまま。

いや、なにもなければ、気持ちを隠し通すこともできるはずだと思っているけれど。

だけどあんな彼を見せられたら……。

有紗の想いは簡単に二年前のあの頃に引き戻されてしまう。

ひとつ屋根の下で子供たちの両親として過ごすだけならいざ知らず、こんなやり取りをしていて気持ちを隠せるのだろうか？

まったくそんな自信はなくて、有紗は深いため息をついた。

＊＊＊

バスルームから出た龍之介がリビングへ行くと、すでに有紗は自分の部屋へ戻っていた。キッチンへ寄り、ミネラルウォーターを手にリビングのソファに腰を下ろす。

喉を鳴らして水を飲むと、さっきまでここで過ごしていた三人の様子が目に浮かび、温かい思いに満たされた。

子供たちはよく食べて、よく遊んだ。はじめはもじもじしていたが、龍之介が高く抱き上げて飛行機のように回してやると、ふたりとも声をあげて喜んだ。嬉しそうに何度も何度も同じことをせがんだのだ。

キラキラとした大きな目。

ころころと笑うかわいい声。

そこにいるだけで尊いふたつの命。

彼らのそばにいることを許してくれた有紗に、心から感謝した。

母親になった彼女は、以前にも増して美しく龍之介の目に映った。洗濯物の中で子供たちと戯れる笑顔に心奪われ、動けなくなってしまったほどだ。新しい一面を見るたびに龍之介の彼女への愛は深くなっていく。

一方で、彼女の方は二年前のあの夜を過去のものにしていたようだ。

でなければ、龍之介の縁談を心配するはずがない。

それについては驚かない。そもそも彼女は、一度龍之介との縁を断ち切っており、こうなることを望んでいなかったのだから。育児に一生懸命になっているうちに、あの夜の気持ちまで忘れてしまったのだろう。

——だがそれでも、なんの問題もない。

ミネラルウォーターを飲み干して龍之介は夜の庭を睨んだ。

有紗の中で、自分への気持ちが過去のものになったのなら、龍之介の愛の力でもう一度、彼女に好きだと想われるよう努力すればいいだけだ。

龍之介の冗談に、真っ赤に染まる彼女の頬。

戸惑うような潤んだ瞳。

恐る恐る龍之介の名を呼ぶ柔らかな声音が、龍之介の中の熱い衝動をかき立てた。

自分をこんな気持ちにさせるのは後にも先にも彼女だけだ。

とりあえず、有紗と子供たちが安心して生活できる環境は整えた。

彼女と子供たちのことがスキャンダルとして扱われることなどないよう、週刊誌対策も万全の体制を強いている。

次はいよいよ、彼女の心を奪いにいく。

三人に自分の愛を受け入れてもらう段階だ。ここからが正念場。絶対に失敗するわけにはいかない。

ペットボトルのキャップをキュッと閉めて気合いを入れ、龍之介は立ち上がった。

＊＊＊

カフェやレストラン、ショップが建ち並ぶ通りに軽快な音楽が流れている。噴水の前には、ジャグリングをするピエロの格好をした大道芸人。有紗と双子、龍之介はオープンカフェに座り、食事をしながらその様子を眺めていた。

通りの突きあたりのメリーゴーラウンドでは、子供たちが木馬に乗って歓声をあげている。まるで遊園地の中か、外国の街のようなこの場所は、実は地上ではない。ベリが丘港に停泊している、外国の豪華客船である。

世界中を周回しているこの船が入港したのが昨日。客たちは下船して地上観光を楽しんだり、船内で過ごしたりしている。

明日の夕方には出航する予定だ。

それまでの間は逆に地上から客が乗り込むことも可能で、龍之介が今日、明日と部屋を取ってくれたのだ。

彼が休みの四日間のうちの後半を過ごすことになっている。

一日目と二日目は、彼は本当に双子のことをなんでもやった。着替えから食事の手伝い、おむつ替えまで。

彼も双子もすぐに慣れたが、有紗だけは慣れなかった。本当にそこまでしてもらっていいのかと申し訳なくてその都度謝ってしまうので、そのたびにじろりと睨まれた。

子供たちにとっては、たくさん遊んでくれるのがよかったようで、一緒にいることに慣れるどころかもう龍之介にベッタリである。

今も、幼児用のチェアに座っているのは康太だけで、圭太の方は龍之介の膝の上に座って、パックのジュースを飲ませてもらっている。

これ以上ないくらいよくしてもらっていると有紗は思うが、龍之介は納得していない。外に遊びに連れていけないからだ。

今はまだふたりのことを知っているのは、千賀と運転手だけ。彼の父親にも告げていないから、たとえマスコミが入ってこられないノースエリア内の公園でも一緒に行くわけにはいかないのだ。

豪華客船での滞在はその代わりだという。船内は外国人ばかり、マスコミや知り合いに会う可能性が少ないというわけだ。

だからといって、公園遊びの代わりが、豪華客船滞在だなんて。やっぱり彼はスケールが違うと有紗は圧倒されている。

あり得ないと思うけれど、もちろん双子はそんなことは気にしていない。はじめて見るメリーゴーラウンドに目を輝かせている。

「おー！　おー！」

康太が指を指して興奮して声をあげる。

有紗はふふふと笑った。

「メリーゴーラウンドだよ、こうくん。お馬さんがぐるぐるしてるね。まんま食べたら乗ってみようか」

ふたりを連れての外出は、有紗ひとりでは大変で、公園やスーパーがせいぜいだ。遊園地なんて夢のまた夢だった。

贅沢すぎる彼からの提案にはじめは恐縮したけれど、こうやって新しいものを見せてあげられるのは嬉しかった。

「ほら、見てこうくん。天井が空みたいになってる。虹がかかってるよ」

持参した幼児用のミールを食べさせながら有紗は康太に向かって話をする。こんな機会は滅多にない。そもそもお出かけが随分と久しぶりだ。

「綺麗だね」

とそこで、向かいに座る龍之介が笑みを浮かべてこちらを見ていることに気が付いて、有紗の頬が熱くなった。

「あ……すみません、私がはしゃいじゃって……」

「いや、嬉しいよ。今日は子供たちだけじゃなくて、有紗にも楽しんでほしい」

そう言って彼は、圭太にミールを食べさせた。その優しい眼差しに、有紗の胸がとくんと鳴った。

「あーう！」

圭太が声をあげて、龍之介の腕をバシバシと叩き、口を大きく開ける。早く食べ物を口に入れてほしいのだ。でも容器の中は空っぽだった。

「もうおしまいなんだ」

龍之介が優しく言って、空っぽの容器を彼に見せる。

「うー!」

圭太が怒って龍之介の頬をペチペチ叩いた。

「あ、けいくん」

有紗は反射的に謝ろうと口を開きかける。でも、龍之介にじろりと見られて口を閉じた。

子供たちのすることについて有紗は彼に謝らないという決まりだ。

「足りないか。結構量があったのに。よく食べるな、圭太は」

龍之介が圭太を覗き込み、頬を突く。それに圭太はぶーっとする。口についていたミールの残りが龍之介に飛んだ。

はっきり言ってやりたい放題だが、彼は少しも気にならないようで、嬉しそうにペーパータオルで圭太の口を拭いている。

その姿はすっかり父親だ。

「有紗、圭太、まだ足りないみたいだ。このマッシュポテトを食べさせてもいいか？　それとも部屋に追加のミールを取りにいく？」

自分の皿のチキンソテーのつけ合わせを指し示す。

その問いかけに、有紗は自分の分のマッシュポテトを口に入れて、うーんと考えた。

マッシュポテトは、噛まなくても飲み込めるくらいなめらかだし、塩味も効いていないから、圭太が食べても大丈夫そうだ。でも、外食自体、めったに行かないから少し不安だった。

子供たちは、有紗の作ったものか、保育園の給食、あるいは市販のベビーフードしか口にしたことはない。でも本には、一歳を過ぎたから大人と同じものも食べていいと書いてあったし……。

迷う有紗に、龍之介がジタバタする圭太を抱いたまま立ち上がろうとする。

「やっぱり部屋から取ってくるよ」

慌てて有紗は彼を止めた。

「マッシュポテトで大丈夫です」

すると彼は座り直し、まだ少し不安な有紗に向かって口を開いた。

「このマッシュポテトは塩味が効いていない。圭太に食べさせても問題ないと思うが、有紗が不安なら無理することはない」

安心させるように、まるで有紗の心の中を読んだように彼は言う。

彼は育児について驚くほど詳しかった。どうやら同居をはじめる前に相当調べていたようだ。

「食べさせてください」

安心して有紗が言うと、彼はにっこりとして、マッシュポテトを少しすくい圭太に食べさせた。

「うまうまうまうま！」

圭太が手をぱたぱたさせて、嬉しそうに声をあげる。

有紗は思わず噴き出した。

「美味しいんだ！　よかったね……！」

ぱくぱく食べる圭太に有紗がくすくす笑っていると、龍之介は目を細めた。

「有紗は家では、こういう感じなんだな」

「……え？」

「俺は仕事中の有紗しか知らなかったから、新鮮だ。君は仕事中はいつも迷いなく正確に迅速に業務をこなしている。こんな風に、マッシュポテトを食べさせるかどうかで迷う姿は想像もつかない」

「あ……すみません。優柔不断で」

「それだけ子供たちを大切に思っているということだろう。子育ては、はじめてなんだからわからなくて当然だ。そんな有紗を見られるのが嬉しいよ」

その言葉に、有紗はスプーンを取り落としそうになってしまう。普段の有紗を見られるのが嬉しいなんて、まるで彼が有紗を特別に想っているかのような言葉だ。頬が熱くなるのを感じながら慌てて有紗は目を伏せた。

「子供たちのことは、わからないことだらけです。ネットの情報も本当かわからないし、ひとりひとり成長具合が違うから」

彼の言葉に深い意味などないと自分に言い聞かせるけれど、胸がドキドキと高鳴るのを止めることができなかった。

「ひとつひとつ相談にのるよ」

その時、圭太がメリーゴーラウンドを指さした。

「おー！」

康太も声をあげる。

「ぶうー」

ふたりとも、お腹がいっぱいになったから、遊びたくなったのだ。

龍之介がスプーンを置いた。

「メリーゴーラウンドだな、乗りたいか？　ソファのところなら乗れそうだな。じゃあ、一緒に乗ろう。康太もおいで」

そう言って立ち上がり、ふたりまとめて抱き上げる。

「有紗はゆっくり食べていて」

きゃっきゃっと声をあげるふたりと一緒にメリーゴーラウンドへ歩いていく。

その背中を見つめて、有紗は火照った頬に手をあてる。

マッシュポテトを食べさせる決心がついたのは彼がそばにいたからだ。些細なことかもしれないが、自分が彼を双子の父親として信頼できている証だった。

きっと普通の夫婦はこうやって子供たちのことについて相談し合い、責任や不安を分け合いながら子育てをするのだろう。

彼も自分と同じくらい子供たちを大切に思ってくれている。有紗はこの四日でそれを実感した。

それは有紗にとっても、子供たちにとってもいいことに違いない。

子供たちの母として有紗がするべきことは、龍之介と子供たちの父と母として信頼関係を築くこと。

それはわかっているはずなのに、さっきのようなことがあると、どうしても心がふわふわとして、その決心が揺らいでしまう。母親としての自分から、彼を好きだった頃の自分へと引き戻されてしまうのだ。

音楽が鳴り、メリーゴーラウンドが動きはじめる。双子がきゃあきゃあと歓声をあげた。ふたりを両脇にしっかりと抱えている龍之介が優しい目でふたりを見ている。その眼差しに胸がキュンと跳ねて、有紗はまたため息をついた。

オレンジ色の街灯の灯りが海沿いの遊歩道を照らしている。その向こうには、輝くベリが丘の街。

豪華客船のロイヤルスイートルームのテラスから、有紗はそれを眺めている。

少し冷たい風が、頬を撫でるのが心地よかった。

「ここにいたのか」

龍之介がガラス戸を開けて出てくる。有紗の隣の手すりに手をついた。

「寒くないか」

「大丈夫です」

「子供たちは……すぐに寝たみたいだな」

ふふふと笑って有紗は頷いた。

「もともとよく寝てくれる子たちではありますけど、龍之介さんと遊んでもらった日はとくに、です。圭太なんて部屋に入ったら自分からベッドによじ登っていましたから」

今はふたりとも、ロイヤルスイートのふたつあるベッドルームのうちのひとつで、ぐっすりと眠っている。

「夢みたいな体験をさせてもらったから……」

「有紗も楽しめたか？」

子供たちだけでなく有紗のことまで気にする彼に、有紗の鼓動はとくんと跳ねた。

「はい。ちょっとはしゃいじゃいました。子供たちとのお出かけがこんなに楽しいなんて、はじめてです。大人がふたりいるっていうだけで、こんなに違うんですね。子供たちと一緒にレストランで食事できるようになるのは何年先かなって思っていましたから」

有紗の言葉に、龍之介が眉を寄せ、少し声を落とした。

「今までひとりで、大変だっただろう。申し訳ない」

「そういう意味じゃ……！　龍之介さんに謝られることじゃありません。私が、自分で決めたことですから」

「有紗、子供たちを生んでくれてありがとう。感謝してもしきれないくらいだ」

真っ直ぐな言葉に、有紗の視界がじわりと滲む。

ひとりで生む決断をしたことを、非難されることはあっても感謝されるとは思っていなかった。こんな言葉を彼から聞けるとは思わなかったのだ。

嬉しかった。

もちろん有紗は誰かに褒められたくて子供たちを生み育ててきたわけではない。それでも今までの道が険しく困難の連続だったのは事実で、時にそれが喜びに勝り泣いてしまった夜もある。子供たちの父親である龍之介がそう言ってくれるなら、すべて報われる。

でも一方で、これほどまでに彼が子供たちに愛情を注いでくれることを、少し不思議に思ってもいた。

突然現れた息子たちを受け入れるだけでなく、こんなに愛してくれるなんて。

「あの……。ひとつお聞きしてもいいですか？」

涙を拭いて有紗は尋ねる。

龍之介が頷いた。

「龍之介さんは……以前から子供が欲しかったんですか？」

やや曖昧な問いかけになってしまう。どうしてここまで彼らを大切にするのかと直接聞くことはできなかった。

「いきなり自分の子供が現れたら……その、戸惑うのが普通じゃないかなって……」

はっきり言えずごにょごにょ言うと、有紗の疑問は、龍之介に伝わったようだ。

「実の子とはいえ、会ったばかりなのになぜ俺がふたりを大切に思うのか、君は疑問に思っているんだな？」

有紗に向かって確認する。恐る恐る頷くと、彼は一旦沈黙する。

有紗をジッと見つめてなにかを考えるような表情になった。自分を見つめる強い視線と唐突に訪れた静寂に有紗が耐えられなくなった頃、彼がようやく口を開いた。

「愛する人との子供だからだ」

力強く言い切る彼に有紗は目を見開いた。

言葉は耳に入っていても、頭には届かない。彼が口にした言葉の意味がよく理解できなかった。

「愛する人との間にできた子供たちを大切に思うのは当然だろう？」

「あ……だけど……。でも、それってどういう……」

回らない思考で有紗は答えようとするけれど、なにをどう言えばいいかわからなかった。

今彼はなんと言った？　愛する人というのは、自分のことだろうか……？

予想外すぎる彼の答えに、手すりを持つ手が震えた。

「有紗、俺はあの夜からずっと君だけを愛している」

「あの夜からずっと？　そんな……まさか」

掠れた声で有紗は疑問を口にする。あの夜の出来事は彼にとって一夜の気まぐれだったはず。だから有紗は身を引いたのだ。彼の迷惑になりたくなかったから。

龍之介が眉を寄せた。

「どうしてそんなに驚くんだ？　あの夜俺は……」

言いかけて口を閉じる。そして探るように有紗を見る。

「まさか、俺の気持ちが伝わっていなかったということか？」

「だって……私、龍之介さんは、お見合いすると思っていたから」

混乱しながら有紗が言うと、龍之介が忌々しそうに顔を歪める。

「噂か……」

「ご、ごめんなさい。私……」

「いや、有紗のせいじゃない。先に言葉で伝えなかった俺が悪い。有紗がその噂を信じていたなら、そう思っても仕方がない。だがこれだけは信じてほしい。俺は有紗を愛してる。だから君を抱いたんだ。あの日の朝、目を覚ましたらそれを伝えようと思っていた」

はじめから愛されていたという事実に、有紗の胸はこれ以上ないくらいに高鳴った。あの夜の出来事は有紗にとっては真実の愛だった。それだけでいいと思っていたけれど、龍之介の方も同じ気持ちだったとは。

子供たちは、紛れもなくふたりが愛し合った証なのだ。

「誤解していたから、有紗は俺のもとを去ったんだな？」

龍之介からの問いかけに有紗がこくんと頷くと、彼は大きく息を吐く。頬を大きな手が包んだ。

「有紗、もう一度、はじめからやり直そう」

『もう一度、はじめから』

彼の言葉に有紗の胸が熱くなる。

そうだ、あの夜に戻れれば……。

――けれど。

「結婚しよう。俺は君たち三人を生涯愛し抜くと誓う」

「けっ……こん……？」

考えてもみなかった言葉を耳にして、有紗のうなじがチリリと痺れた。

喜びに満たされていた頭が急速に冷えていく。浮かぶのは、二年前のパーティーでの龍之介の姿だった。

名家の御曹司として大企業を率いる彼にはいつもたくさんの人たちが集まってくる。

その彼らの肩書きは財界人や政治家など多岐に渡る。

その彼と自分が夫婦になる……？

「有紗、俺の妻になってくれ。子供たちと四人家族になろう」

『俺の妻になってくれ』

愛する人が口にした、嬉しいはずの言葉に有紗の背中がぞくりとした。

いつかの日、詩織からかけられたあの言葉が蘇る。

『ちゃんと立場をわきまえなさい』

日本屈指の名門天瀬家の長男と、一般人の秘書が正式に結婚する。

――そんなこと、許されるはずがない。

頭の中で誰かが言う。その誰かは、有紗自身であり世間一般の常識だ。ル・メイユールのあの夜、彼への想いを口にした自分は、無邪気だったと心底思う。恋焦がれ好きだと言いながら、彼と生涯をともにすることなど考えもしなかったのだから。そんな覚悟はなかったからこそ、口にできたのだろう。

一夜限りの愛だと思っていたから彼の腕に身を任せられたのだ。

「私……あの夜、まさか、龍之介さんがそう思ってるなんて知らなくて……だから……」

混乱する有紗を龍之介は急かさなかった。

「ゆっくり考えてくれ。時間はたくさんある。俺は、生涯をかけて君の愛を取り戻すと決めている」

けれど考えたところで結論が変わるのだろうかと有紗は思う。有紗が頷けない原因は、気持ちの問題ではない。彼と自分の立場が違いすぎるという現実があるからなのだ。その事実はいつまで経っても変わらないというのに。

視線の先で、龍之介がどこか不敵な笑みを浮かべた。

「だけど、俺の気持ちを伝えたからには、もう遠慮はしない」

第四章　言い訳ばかりの自分にさよならを

「真山さん、海外事業部から副社長あてに来週金曜日の会議への出席要請が来ています。その日は、『関口《せきぐち》商会』の会長との会食が予定されていますが」

天瀬商事最上階の秘書課にて、パソコンに向かって龍之介のスケジュール調整をしている有紗に同僚が話しかける。

「来週、金曜」

有紗はタブレットを開き、件の会議の議題をチェックする。確かに彼が出席した方がよさそうではある。けれど、会食はキャンセルできない。

「事前に議案に関する各課からの提案を挙げるよう伝えてください。それに対する副社長からの意見を前もってお伝えします。その次の会議へは出席できるよう調整します」

有紗が同僚に伝えると、彼女は頷いた。

その時、時計がポーンと鳴り十二時を知らせる。

オフィスの空気が少し緩んだ。昼休憩だ。

有紗も一旦区切りをつけて、パソコンを閉じた。

以前は龍之介の外出に付き添うことも多かったから、時間通りに休憩を取れることは少なかったが、復帰してからはほぼ内勤だ。

大抵は時間通りに休憩が取れる。

育児に仕事にと忙しい中で唯一、本当に休憩できる時間だ。

持ってきたおにぎりを鞄から出すと、隣の席の同僚から声がかかる。

「どう？　真山さん、だいぶ慣れた？」

「はい。なんとか」

復帰して一カ月。

はじめは、慣れないリモートワークと短い勤務時間で彼の秘書が務まるかと不安だった。実際、落ち着くまで時間はかかったが、ようやく軌道に乗り始めたと感じている。とはいえ、それは有紗だけの話で、周りにはまだまだ龍之介の案件に関する負担はかかったままだ。

「なんか、いろいろやりにくくてすみません」

有紗が謝ると、同僚が首を横に振った。

「ううん、戻ってきてくれて助かってるよ」

「だけど、結局皆さんにお願いする仕事量は、私が戻る前からあまり減らせなくて」

時短勤務、残業なしで龍之介の秘書業務のすべてをやることはできない。千賀からの提案で、有紗は彼らに仕事を振り分ける役割をしている。

「まとめる人がいるのといないのとでは全然違うよ。真山さんと副社長って息ぴったりだし、二年のブランクがあったなんてもうわからないくらい」

「ならよかったです。でも、子供たちのこともありますから、これから迷惑かけると思います……」

全力で働いて、やっとちょっと役に立つかどうかだ。子供たちのことがあると、役に立つどころか、迷惑になるだろう。

「わかってて来てもらったんだから、気にしなくて大丈夫だよ。二年の間にお子さんを生んでたのは驚きだけど。辞める時、そんなそぶり一切なかったのに」

「ええ、まぁ……。急に決まって……」

有紗は曖昧に答えた。

勤務の都合上、子供がいることを隠すわけにはいかない。でも子供たちの父親について知られるわけにはいかないから、とりあえずパートナーがいるということになっている。

「それに、私ももうすぐ結婚するから、真山さんみたいに時短勤務しながら子育てしてる実例があるのはありがたいのよ」

「そうなんですね、おめでとうございます」

同僚がにっこり笑った。

「ねえ、共働きだったら家事育児はぱっつり半分こ？」

「え？　えーと……」

有紗は口ごもる。

パートナーがいるという設定だとこういう時に困ってしまう。

「い……忙しい人なので半分は無理なんですが、できるだけのことはやってくれます。すごく助かっています」

「そうだよねー、きっちり半分ってわけにいかないよね。ちなみになにをしてくれるの？」

「……朝ごはんを作ってくれます。彼の方が朝早く出勤するんですが、私と子供たちの分を必ず。それから余裕があれば夜ごはんも」

相手が誰かは言えないけれど、とりあえず本当のことを言う。朝早く出勤する彼は毎日、有紗と子供たちのために朝ごはんを作ってくれる。そしてついでに夜の分も。

「えー！　料理が上手な方なんだ。それってすごく助かるね。他の家事は手を抜けても子供がいると食べるものって大事だもんね」

「はい。すごく助かります」

本当にすごく助かっている。

仕事が終わり子供たちを保育園へ迎えに行って家に着いたら、子供たちはお腹ぺこぺこだ。温めるだけで食べられるものが冷蔵庫にあるだけで気持ちにゆとりができる。

はじめてうどんを作ってくれたあの日、たいしたものはできないと言っていた彼だけれど、どんどん腕を上げているような気がする。

しかも貴重な休日は、いつもよりたくさん家事育児をやりたがった。庭で双子といっぱい遊んだり、平日のためのおかずの作り置きをしたりと少しも休んでいる様子がない。

「料理上手な旦那さんって、いいなぁ」

同僚の言葉に、有紗は少し浮かない気持ちで頷いた。

「はい。でも無理していないか少し心配です」

「優しいなぁ、真山さんは」

その時。

——バンッ。

音がしてふたりは振り返る。

詩織が手にしていた雑誌を机に乱暴に置いた。

「あ、うるさかったですか？　すみません」

有紗が謝ると、彼女はじろりとこちらを睨んだ。

「家事をしなきゃならないなんて庶民同士は大変ね。だけどそんなので龍之介さんの秘書が務まるのかしら？　前みたいに迷惑かけないようにしてよね」

嫌みを言って鞄を掴み、出ていった。

「なにあれ、感じ悪っ」

同僚が呟いた。

「真山さんが迷惑かけたことなんかないじゃん」

「……多分、はじめの頃に副社長にパーティーに連れていってもらったことをおっしゃってるんだと思います。出席したのは私がパーティーに慣れるためだったんですけど、副社長が女性を連れてるって、少し関係者の間で噂になってしまったみたいで」

有紗の説明に、同僚は不満そうにした。

「だけどそれ、彼女が怒る権利ある？　お見合いする予定だって言ってたけど、三年経ってもなにもないんだもん。嘘だったってことだよね。それか、そう思ってたのが彼女だけだったか。だとしたら、全然関係ないのにあんなこと言うなんて、どういう思考回路してんだろ」

同僚が肩を竦めた。

「すっかり騙されちゃった。彼女、中身はともかく家柄だけはむちゃくちゃいいから、信じちゃったんだよね」

同僚の言葉に有紗の胸がズキンと痛む。

「それにしてもいつまでここにいるのかな？　真山さん、副社長からなにか聞いてない？」

「……とくにはなにも」

答えると、彼女はガックリと肩を落とした。

「まぁいっか。じゃあ、私、社食行ってくる」

そう言って彼女は立ち上がり、オフィスを出ていった。

有紗はおにぎりを手に、窓の外、初夏の日差しに照らされたツインタワーを眺める。

その向こうに港が見えた。

豪華客船のあの夜以来、彼は結婚の話を口にしない。復職で慌ただしくする中、有紗の方もゆっくり考える暇はなかった。けれどふとした瞬間に自分を見つめる彼の眼差しに、特別な色が交ざっているのは、気のせいではないはずだ。それに気が付いてしまうたびに、有紗の心はぐらぐら揺れた。

彼と生涯をともにする。そんな覚悟はないくせに、大好きな彼の腕に身を委ねたいと願う気持ちを止められない。

でもこうやってオフィスにいる時は少し冷静になれた。

副社長としての彼を目にするたびに、やはり自分とは住む世界が違う人なのだ、と確認できるからだ。

やはり彼には、家柄がよく容姿も華やかな詩織のような女性が釣り合うのだと、皆思うのだ。有紗など話にもならない。

それをしっかり確認して、有紗はおにぎりの包みを開けた。

子供たちが寝静まった自宅のリビングで、有紗はタブレットを手に考え込んでいる。

龍之介のスケジュール調整に頭を悩ませているのだ。

役員のスケジュールは、会社にとって重要な機密事項。本来なら、会社以外では見られないが、リモートワークの許可が下りている有紗は、龍之介の家の中に限りアクセスできるようになっている。

時短勤務残業なしの有紗は、千賀から勤務時間内にできることのみをやれと言われているが、どうしても気になるからだ。

有紗のいなかった二年間の龍之介のスケジュールは過密なんてものではなかった。

休日はおろか、まともに休憩も取っていなかったのだ。

秘書室のメンバーは、龍之介から大丈夫だから入れてくれ、と言われていたようだ。

専属の秘書がおらず、彼の仕事の優先順位がわからずに、入れるしかなかったと言っていた。

「よくこれで倒れなかったな……」

有紗がため息をついた時。

「ただいま」

声をかけられて顔を上げる。

ドアの前に、スーツ姿の龍之介が立っていた。この時間に彼が帰ってくることはもちろん把握していたが、考え込んでいて気が付かなかった。

「おかえりなさい」

襟元を寛げながら、彼はこちらへやってくる。そして有紗の手元を見て眉を寄せた。

「それは仕事用のタブレットか？　家で仕事はするな」

彼にしては珍しく厳しい声で叱責する。

「やりきれない業務があるなら千賀に言って調整させろ」

「そうじゃありません。ちょっと考え事をしていただけです」

有紗はタブレットを置いて立ち上がる。適当な言い訳をしてごまかそうとするけれど、彼は納得しない。

「有紗、はじめから頑張りすぎるな。君が有能なのは知っているが、一番大切なのは体調だ。家では仕事をしないように」

歩み寄り、有無を言わせぬように言う。

ありがたい言葉に有紗は頷くが、ならばと思い彼を見る。

「なら龍之介さんも、もっとご自身のことを考えてください」

「俺のこと？」

「この二年間、ほとんどまともに休んでいなかったじゃないですか」

有紗の指摘に、龍之介が眉を上げた。

「私が入った時は二カ月先までスケジュールがびっしりでした。秘書室の皆に確認したら、龍之介さんが入れろと指示したそうですね」

なにかあったらどうするのだという気持ちが先行して、少し口調が強くなる。

龍之介が肩を竦めた。

「あれくらい平気だ。それに有紗が入ってからはうまく調整してくれているだろう？」

「ですが今は家でも、子供たちのために食事を作ってくれるじゃないですか。休日はそれ以外のことも……それじゃ意味がないです」

働き出して一カ月、ずっと気にかかっていたことだった。いくら業務を調整しても、貴重な休みを家事育児に費やしていては意味がない。

「それは有紗も同じだろう。一緒に子供たちを育てると約束したんだ。俺の休みは、子供たちのために使う」

「でも、なにかあったらどうするんですか？」

「大丈夫だ。現に今まではなにもなかったじゃないか」

少し乱暴な言い合いになる。上司に向かって、よくないことと思いつつ口は止まらなかった。

有紗のことは気遣うのに、自分のことには無頓着すぎる龍之介が心配でたまらない。

「なにかあってからじゃ遅いから言ってるんです！」

思わず声を荒らげると、龍之介が切れ長の目を見開いた。

「あ……」

さすがに言いすぎたと気が付いて口を閉じる。気まずい思いでうつむくと、腕を優しく掴まれ引き寄せられる。気が付いた時は彼の腕の中だった。

鼓動がドクンと大きな音を立てた。

龍之介が有紗の顎に手を添えて、切れ長の目で有紗をジッと見つめた。

「なぜそこまで俺を心配する？　ただの上司として？　子供たちの父親として？　それとも、他になにかあるのか？」

問いかける低い声に有紗は答えられない。有紗が彼をこれほどまでに心配するのは、あの夜から変わらず彼を愛しているからだ。でもそれを告げるわけにはいかなかった。告げてしまえば、もう止められなくなってしまう。

至近距離からの射抜くような彼の視線、全身を包む甘いムスクの香りに、体温が一気に上昇する。

〝上司としてのあなたを心配しています〟

そう言わなくてはいけないのに、言葉が出てこなかった。

「私、私は……」

頭とは裏腹に身体が反応するのを止められない。彼に触れられている顎も頬も、なにもかもが熱かった。

龍之介がなにかをこらえるような表情になる。目の前にある男性的な喉元が、ごくりと動く。

「こうしてると、あの夜のことがチラつくな。……有紗はもう忘れた？」

低い声音が有紗の耳を刺激して、背中を甘い痺れが駆け抜けた。

──忘れられるはずがない。

あの夜の出来事は、有紗の人生で最も幸せで、苦しくて、切ない出来事だった。

彼が、有紗の身体のどこに口づけ、どんな言葉を囁いて、どんな風に愛したのか、一瞬一瞬が心に焼きついている。

たとえ忘れようとしても、忘れられるはずがない。

甘い記憶に支配されて、熱い息を吐く有紗を、龍之介が射抜くように見つめている。

顎に添えられていた大きな手が、ゆっくりと有紗のうなじに移動する。

「……嫌なら、殴れ」

低い声を聞いたと同時に、熱く唇を奪われた。

二年ぶりの彼の唇の感触は、有紗をあの夜へと引き戻す。ただなにも背負わずに、彼だけを愛していた、彼しか目に映らなかったあの夜の自分へと。

素早く入り込んだ彼の熱が、有紗の中で暴れ回る。

普段穏やかで紳士的な彼からは想像もつかないほど荒々しい口づけに翻弄され、次第に夢中になっていく。

「ん……待って、龍之介さ……」

「待たない、俺はもう遠慮はしないと言ったはずだ」

形だけの有紗の拒否は、熱い吐息でねじ伏せられる。

──本当は、ただ怖いだけなのかもしれない。

真面目なだけが取り柄の自分。

なにも持たないただの自分。

その自分が彼の隣に立つことに、自信が持てないだけなのかもしれない。

立場が違うと言い訳をして、逃げているだけで……。

「有紗……」

名を呼ばれて、有紗はゆっくりと目を開く。

大好きな目が、愛おしげに自分を映していた。

「有紗、愛してるよ」

愛の言葉を口にする彼の唇が、またゆっくりと近付いて……。

――ピリリリリ。

鳴り響いた携帯の音に、ぴたりと止まる。そのままふたり見つめ合う。

部屋に鳴り響く電子音に、有紗の頭が少し冷えた。

「お仕事の電話かも……」

龍之介の胸をそっと押すと、彼は小さく息を吐いて、有紗を包む腕を緩めた。そして大きな手で、有紗の頭をポンポンと優しく叩く。

「……おやすみ」

微笑んで、彼はリビングを出ていった。

静かに閉まるドアを見つめて有紗は甘い息を吐く。身体の火照りはいつまでも収まりそうになかった。

――彼は住む世界が違う人。私とは生まれも立場も釣り合わない。

それが正解だと思っていたけれど……。

二年ぶりの彼とのキスが、有紗の中のなにかを変えようとしていた。

＊＊＊

寝室へ戻りドアを閉めて龍之介は深い息を吐いた。

――危なかった。

もしあそこで携帯が鳴らなかったら、まだ明確な言葉を聞いていないうちに、彼女を押し倒してしまっていた。

ベッドに腰を下ろし、心と身体を鎮めようとする。二年ぶりの彼女の唇の感覚に、昂る気持ちを落ち着かせる。彼女に深く入り込むたび、彼女が漏らす甘い声が、あの夜の出来事を鮮明に浮かび上がらせた。

潤んだ瞳と、答えを言わない濡れた唇が自分を狂おしい愛に駆り立てる。抑えるべきだとわかっていても、口づけずにはいられなかった。

あの夜とまったく同じ衝動が自分を突き動かしたのだ。

どうしても彼女が欲しい。

熱く愛し合ったあの夜に連れ去って、他のことはなにも考えられないくらいに愛したい。

ふーっと長い息を吐いて、龍之介は髪をぐしゃぐしゃとした。

愛する気持ちを隠さないと宣言したとはいえ、まだそこまでするつもりはない。彼女の気持ちがしっかりと戻らないうちに、なし崩し的に抱くつもりはなかった。

龍之介はなによりも彼女の気持ちを大切にすると決めている。

それでも手を出しそうになったのは、彼女の存在すべてが龍之介を惹きつけてやまないからだ。

赤く染まる頬、柔らかな声音が、龍之介の中の冷静な部分を吹き飛ばした。

いつまでも待つと決めていたはずが、ひとつ屋根の下で過ごしていて抑えられる自信がなくなりつつあるのも事実だった。

彼女はいつも、龍之介の中のはじめての感情を刺激する。こんなに心乱されるのは後にも先にも彼女だけ。

一方で、自分を見つめる潤んだ瞳と、背中に回された細い腕に、有紗の気持ちが戻りつつあるのを感じていた。

おそらくまだ、踏ん切りがつかないのだろう。突然変わった環境と、子供たちを守らねばならないという責任。あるいは、龍之介の気持ちを信じきれないのかもしれない。だがさっきの彼女の様子なら、このまま龍之介の愛を伝え続ければ……。

そこで、握っていた携帯が再び鳴る。

画面を確認すると、社長である父、天瀬一郎だった。

「はい」

《ああ、龍之介。今いいか?》
「はい、どうかしましたか?」
訝しみながら龍之介は父に聞き返した。
こんな時間にわざわざ電話してきたことを不審に思ったからだ。別々に住んでいるとはいえ、父とは会社で毎日のように顔を合わせている。
《最近週刊誌の方はどうだ? まだうろちょろしているか?》
「ええまぁ……時々見かけます」
《実は今、古い友人から忠告を受けた。お前が狙われているらしいと。その友人は業界にも顔が効くから確かな情報だと思う》
「なぜ今頃……」
龍之介は心底うんざりとして呟いた。
海外駐在時代の騒ぎなど、流行り廃りの速い世間ではもう過去のこと、今さら記事にしてもたいして話題にもならない。芸能人でもない自分の恋人やら縁談に、いったい誰が興味があるというのだ。
《それがどうやら、そういう目的ではないようなんだ》
「……どういうことですか?」

《『久保《くぼ》商事』が裏で糸を引いているらしい。あそこの社長は、お前がこの前買収した花田文具を狙っていて実際に交渉に入っていたようだ。だが従業員の待遇面で折り合いがつかず頓挫した。そこへお前が話を成立させたから恨んでいるんだよ。お前を》

ありそうな話だ、と龍之介は思った。

この世界は、一歩外へ出れば足の引っ張り合い。真っ当な仕事をしていても恨みを買うことはしょっちゅうだ。

《あそこの社長、もともとお前を目の敵にしていたからな。お前の醜聞を世間にばら撒いてやると息巻いて、週刊誌を焚《た》きつけているらしい。場合によってはハニートラップを仕掛けてくるかもしれん》

「ですが私は独身です。たとえそういう相手がいても不倫にもならない。醜聞にはなり得ない」

《だが近頃は、なんでもかんでも騒ぎになる時代だ。独身だからといって油断はできん。ほら、隠し子が発覚して、引退した役者がいたじゃないか。彼も独身だったはずだ》

『隠し子』という言葉に、龍之介は有紗と子供たちのことを思い浮かべる。

彼女との関係にやましいものは一ミリもない。だが周りから見れば違ったものに映るかもしれない。
一瞬、今父に三人のことを話してしまおうかという考えが頭をよぎる。だがまだその段階にないと思い留まった。有紗の心が決まるまでは、ことを大きくしたくない。
《社員にも聞き回っているという話だ。とにかく足元を掬《すく》われないように気を付けろ》
「わかりました。ご忠告ありがとうございます」
ため息交じりに答えると、父は納得して話題を変える。
《にしても、お前、いつになったら結婚するんだ？　お前もいい歳なんだからいい加減決めないと、そのうち見合いの話もなくなるぞ》
「またその話ですか。何度も言うように、プライベートは好きにさせてください」
龍之介はうんざりとして答えた。
《いや俺は社長として言っているわけではない。父親として言ってるんだ。いつまでもお前がひとりじゃ、亡くなった母さんも悲しむ》
年代による価値観の違いか、父は龍之介が独身を通していることがどうしても納得できないようだ。

《渡辺さんのところのお孫さんはどうなった？　まだ秘書室にいるんだろう？》

「彼女との縁談はもう三年以上前に断っています。父さんも知ってるでしょう？　あとは本人の気が済むまでいさせてほしいと渡辺社長から頼まれて、お預かりしているだけです」

答えながら、そういえば詩織はいつまでいるのだろうと龍之介は思いあたる。

当初は一年やそこらで気が済むと思っていた。普段は気に留めていない相手だが、いつのまにか随分と時間が経っている。

彼女の祖父は、龍之介にとって恩人だ。

海外駐在時代に、人脈を培うにあたって龍之介と世界の有力者たちに繋がりを持たせてくれた。龍之介は彼からビジネスのイロハを教わった。それを思うと無下にできないのがつらいところだ。

だが詩織との仲を有紗が勘違いしていたことが二年前のすれ違いに影響していることを思うと、そろそろ社会勉強は終わりにしてほしいと思う。

《まだいるということは、お前に未練があるんじゃないか？》

「それはどうか知りませんが、彼女との結婚はあり得ません」

言い切ると、電話の向こうで深いため息をつく気配がした。

《とにかく早く結婚しろ。次の母さんの命日にはいい報告ができるようにしてくれ。でないと墓参りもできん。わかったな》

乱暴に話を締めくくって、電話は切れた。

携帯をベッドに放り投げ、龍之介はため息をつく。

窓際に歩み寄りカーテンを少し開けて、ライトアップされた自宅の庭を見下ろした。以前はなかった砂場とアスレチックは、子供たちのために設置したものだ。公園へ連れていってやれない分、休みの日はそこで思う存分彼らと遊ぶ。

それでは休みにならないと有紗は言うが、それこそが龍之介にとって癒やしであり、もはやなくてはならない時間だ。

彼らとの時間は、足の引っ張り合いがあたりまえの厳しいビジネスの世界を渡り歩くための活力だ。

――こんな時に、と苦々しい思いになる。

有紗と子供たちとの関係は今が一番大事な時。まだ確固たる信頼関係がないうちに、くだらない騒ぎに巻き込むわけにはいかなかった。

同居にあたって龍之介は有紗に絶対に三人を守ると約束した。彼女と子供たちのことが、意図せぬ形で世間に知られるのは絶対に避けなくてはならない。

「久保商事か」

夜の庭を睨み呟いて、龍之介はカーテンを閉めた。

＊＊＊

昼下がりの天瀬商事本社ビルの副社長室にて、有紗は龍之介と明日のスケジュールについての打ち合わせをしている。

「――いいよ、それで進めて」

龍之介が言って、打ち合わせは終了する。

「かしこまりました。では三時の外出まで少しお休みくださいませ」

有紗が言うと、彼は椅子に身を預けてややリラックスした様子で口を開いた。

「やっぱり君がいてくれると違うな。餅は餅屋だと改めて思うよ」

「ありがとうございます」

有紗が戻ってしばらく経ち、だいぶ彼のスケジュールを落ち着かせることができた。安心したと同時に『餅は餅屋』という言葉が嬉しかった。

彼は、経営のプロでありカリスマ的なリーダーだ。でもだからこそ、自分の体力を気にせずに働き続けるところがある。将来に渡って彼が会社を率いていくためには、それをセーブしつつ彼がその能力を発揮できるよう、サポートする誰かがそばにいなくてはならない。

それが自分であるならば、こんなに嬉しいことはない。やっぱりこの仕事が好きなのだと毎日実感する日々だ。復職できてよかったと心底思う。

とはいえ、まだまだ彼が働きすぎという事実は変わらなかった。

「本日は比較的早くお帰りになれますから、ゆっくりお休みくださいませ」

『ゆっくりお休みくださいませ』のところに力を込めて有紗が言うと、龍之介が眉を上げた。

有紗の言いたいことが正確に伝わったのだ。

少し前に言い合いになった彼の家での家事育児負担の件については、結局うやむやにされてしまっている。相変わらず、彼は有紗と子供たちの食事の用意をしているし、貴重な休日は子供たちとめいっぱい遊んでいる。これでは仕事のスケジュールを調整して休みを増やしても意味がないと思うくらいだ。

「私の第一秘書は優秀だが、上司のプライベートにも口を出すのがたまに傷だ」

龍之介の言葉に有紗は反論する。

「ですが、なんとしてでも上司のお休みを確保するのも秘書としての役割です」

「なにを言われても俺は止めるつもりはない。君たちと過ごす時間が俺にとっては癒やしなんだ。むしろ絶好調だ」

言い切る彼に、有紗は口を閉じる。実際、彼が育児に参加するようになって有紗の負担は格段に減った。なにより子供たちが彼との時間を楽しみにしている。

起きているうちに彼が帰ってこられない日は、玄関で寂しそうに待っている時もあるくらいだ。

「なにも疲れを癒やす方法がベッドで寝るだけとは限らないだろう。だけどそうだな……どうしても君が心配だと言うなら、効果的な方法がある」

そう言って彼は引き出しを開けて、中から箱を取り出した。それを手に立ち上がり、机を回り込んでこちらへやってくる。見覚えのあるその箱に有紗は首を傾げた。

「リリーパリス……ですか?」

彼の休みとチョコレート、いったいどう繋がるのかがわからずにいると、龍之介がにっこりとした。

「土産だ」

そして包みを開け、有紗に向かって差し出した。

「ここで……？」

有紗が尋ねると、龍之介が機嫌よく頷いた。

「有紗もこれから休憩時間だろう？」

「なっ……！　副社長、名前……！」

仕事中だというのに有紗を名前で呼ぶ彼を、慌てて有紗はたしなめる。でも彼はまったく意に介さずに肩を竦めただけだった。そしてチョコレートの蓋を開ける。

途端に芳醇な甘い香りが有紗の鼻をくすぐった。久しぶりのリリーパリスのチョコレートに胸が高鳴る。

どうぞ、というように箱を差し出しにっこり笑う龍之介をチラリと見てから、ゆっくりと手を伸ばす。宝石のようなチョコレートをひとつ摘む。口に入れた途端に高貴な甘さが口いっぱいに広がる。

有紗にとっては特別な味だった。二年前、彼への想いをときめかせて食べた味。

龍之介がくっくっと肩を揺らして笑った。

「相変わらず幸せそうに食べるな。俺は甘いものは苦手だが食べてみたくなる」

そう言って彼は手にしていた箱を机に置いて、有紗を腕の中に包み込む。突然の彼の行動に有紗は目を見開いた。

二年ぶりにキスをしたあの日以来、ふたりの距離は少し近付いた。彼は時々、子供たちの目を盗んで有紗を抱き寄せ、あの日のようにキスをする。ダメだダメだと思いながら有紗もそれに夢中になってしまうのだ。

とはいえ、あくまでもそれは家でのこと。

勤務中のオフィスでこの距離はあり得ない。けれどクレームを言おうにもチョコレートが口の中にある状況では無理だった。

目を白黒させる有紗を楽しげに見下ろして、龍之介は不可解な言葉を口にする。

「味見させてもらおうかな」

大きな手がうなじに差し込まれる感触に有紗は身体を震わせる。わずかに開いた唇を龍之介が塞いだ。

「んっ……！」

彼の胸元のシャツを握りしめて、有紗は身体をしならせる。それを危なげなく抱いたまま、彼は有紗の中のチョコレートを余すことなく舐《な》め取ってゆく。

「なるほど、確かにこれは美味いな。癖になりそうだ。君が夢中になるのも納得だ。ほら、もうひとつ」

唐突に与えられた甘いキスに、差し出されたチョコレートを有紗はぼんやりと見つめる。

「ほら、あーん」

言われるままに口を開けると、チョコレートが入ってくる。

そしてまた深いキス。

脳がとろけてしまいそうだった。

チョコレートが甘いのか、彼とのキスが甘いのか、それすらもわからない。

最後のひとつと気が遠くなるほどの長いキスの後、ぼんやりとする視線の先で龍之介がペロリと唇を舐めた。

「これで俺は充電完了」

その言葉にハッとして、有紗は今が勤務中だということを思い出した。

「ふ、副社長、こんなこと……困ります……」

そう抗議するが、キスの余韻から抜けきれずあまり言葉に力が入らなかった。

「公私の区別はつけてるよ、今は休憩時間だ。有紗がさっき言ったんじゃないか」

「でも……」

有紗が頬を膨らませると、龍之介が心底嬉しそうに笑った。

「あの頃の願望が叶ったよ」

「あの頃の願望……？」

「ああ、本当はこうして俺が直接食べさせたかったんだ。幸せそうにチョコレートを食べる君を一番近くで見たかった」

そう言う彼に有紗は目を見開いた。

あの頃とは二年前のことだろうか。

「あの時、そんなことを考えていたんですか？」

「ああ、あの時すでに俺は有紗を好きだった」

その言葉に有紗は唖然とする。少し親しげではあったものの完璧な上司としての顔だった彼がそんなことを考えていたなんて。

「でも、どうして私を……？」

あの頃の有紗に龍之介に好きになってもらう要素など、なにもなかったように思う。

「理由なんてないだろう。強いて言うなら仕事に慣れようと一生懸命な君が、かわいくて仕方がなかったから、かな」

自分の気持ちを率直に語る龍之介に、有紗は不思議な気持ちになる。

有紗が彼に恋に落ちたように、彼も有紗に恋に落ちた。

立場も過去も関係ない。ただの人と人として、ふたりは惹かれ合い、愛し合っている。そしてかけがえのないふたつの命を育んでいる。

「だけど次からは家にするよ。これ以上やると君をこの部屋から出してあげられなくなりそうだ」

冗談を言って、彼は有紗を解放した。

「家で癒やしてもらうことにするよ」

有紗は火照る頬を持て余したまま頭を下げる。

「し、失礼します」

部屋を出て頬に手をあてながら廊下を行くと、秘書室から詩織が出てくるのが目に入る。彼女は有紗を見て口を開いた。

「龍之介さん、部屋におられますよね？」

「はい、……副社長になにかご用ですか？」

詮索するつもりはないけれど、立場上知っておいた方がいい。そう思い尋ねただけだったが、彼女は不快そうに眉を寄せた。

「あなたには関係ないことよ」

そう言って、顔を背けて歩き出し、有紗とすれ違う直前で立ち止まる。振り向き、首を傾げて呟いた。

「……コレート？」

「え？」

「いえ、なにも」

またくるりとこちらへ背を向けて、副社長室の方へ歩いていった。

＊＊＊

有紗が去った副社長室で、龍之介は机の上の空のチョコレートの箱を見て笑みを浮かべた。あと少し、もう少しで彼女の心が決まる。急かすつもりはないけれど、早く彼女を腕に抱きたいのも事実だった。

もう心は戻っていると感じている。

腕に閉じ込めると真っ赤に染まる柔らかい頬。

口づけるとためらいがちにではあるものの、応えようとする唇。

踏み切れないのは、龍之介の身の上を考えてのことだろうか。

彼女が自分との未来に躊躇するのは当然だ。やっかいごとに巻き込まれにいくようなものなのだから。現に、今まさに龍之介は週刊誌に狙われている立場にいる。

それについては今、対策を立てているところだった。なにがあっても彼女を守れるよう準備を整えている最中だ。

机の上でトントンと人さし指を叩いて龍之介は考える。

だがまだ不安要素が残っている。

その時、コンコンとドアがノックされ、扉が開く。詩織だった。

「副社長、お話があるのですが、よろしいですか?」

「ああ……少しなら」

どうぞとも言っていないのに、彼女はツカツカと部屋を横切り応接コーナーのソファに座る。正直なところ休憩中に彼女の話を聞くのは煩わしいが、ちょうどいいと今は思う。

マスコミに狙われている今、信用できない人物はできるだけ秘書室にいない方がいい。そろそろ社会勉強を終わらせてもらおう。

龍之介が向かいに腰を下ろすと、詩織はにっこりと微笑んだ。

「今度、家で親しい方々をお招きしてホームパーティーを開くんです。それで、父が龍之介さんもお呼びしたらって言っていて。来月なんですが、いかがですか?」

仕事とはまったく関係のない話を口にする彼女に龍之介は内心でため息をつく。だが彼女の父は取引先の社長でもある。一応は丁寧に断りを入れる。

「あいにくだが、ここのところ予定が立て込んでいる。またの機会にするよ」

「……そうですか」

詩織が不満そうにした。

「ところで、いい機会だからこちらからも聞きたいことがある。君のこの先のことについてだ」

龍之介が切り出すと、彼女は首を傾げ、マスカラをたっぷり塗った目をパチパチさせた。

「先のこと、ですか?」

「ああ、私は君のお父さんから社会勉強をさせたいと言われて秘書室に迎えたわけだが、あれから三年経つからね」

暗に、いつまでいるのだ?と尋ねると、彼女は口を尖らせる。

「……お父さまからは、結婚が決まったら退職しなさいと言われております」

「なるほど。君なら縁談は降るようにありそうだが」

本来ならこんなことを部下である彼女に聞くのはタブー。だが、そもそも彼女の採用自体がイレギュラーな措置だ。多少踏み込んだ話になるのは仕方がないだろう。

「具体的な話はあるのか？」

龍之介からの問いかけに詩織は驚いたように目を見開いて、悔しそうに唇を噛んだ。

その表情に、龍之介は彼女が自分との縁談を諦めていなかったのだということを悟る。有紗が聞いたという龍之介の縁談話は詩織が流したものだったのかもしれない。

重要取引先の社長令嬢であることを理由に自由にさせすぎたと、今さらながら彼女に対する自分の対応を悔やんだ。

「……お父さまは、龍之介さんは私との縁談は断れないって言ったのに」

悔しそうに言って、彼女は龍之介を睨んだ。

「お祖父さまは、龍之介さんの恩人なんでしょう？　それなのに、こんなことしていいんですか？　お祖父さまは、私にとびきりの旦那さまを探してくれるって仰《おっしゃ》ってた。龍之介さんとお知り合いになった時、彼に決めたって仰ったわ。パーティーでご挨拶してから私もずっと憧れていたのに……」

「確かに私は、君のお祖父さまにお世話になった。だからこそ君をお預かりしているわけだが、縁談については話は別だ。いくらここにいても私の気持ちは変わらない。君とは結婚できない」

龍之介はやや強い言葉で言い切った。世間知らずのお嬢さまには酷かもしれない。

だが彼女の父親がなくなったはずの縁談をそのように言っているのであれば、はっきりと断っておくべきだ。それが彼女のためだろう。

「それでも会社に残りたいと言うならば、これ以上は特別扱いはできない。一般社員と同じように評価して配属する。どうするか君が決めてくれ」

詩織が顔を歪めて立ち上がる。そして、挨拶もせずにドアを目指して歩いていく。でも途中なにかに気が付いたように足を止め、龍之介の机の上をジッと見た。

「どうした？」

声をかけると振り返り、目を細めて龍之介を睨む。そして無言で部屋を出ていった。

＊＊＊

詩織と入れ違いに有紗が秘書室へ戻ると、千賀から話があるとミーティングルームに呼び出された。

「この話は内密にお願いしたいのですが」

いつになく深刻な表情の千賀に、有紗は眉を寄せた。

「副社長にまた記者が張りついています。真山さんの耳に入れておく必要があると思

「週刊誌……ですか?」

龍之介が時々週刊誌に狙われるというのは今に始まったことではない。それなのになぜ今回に限りわざわざ忠告するのだろう？

「今回はただのゴシップ狙いではなく、副社長の社会的信用の失墜を狙ったもののようです」

社会的信用の失墜。不穏な言葉に有紗の胸に不安な気持ちが広がっていく。

「この世界は真っ当にやっていても敵はいくらでもできますから。どうやら向こうは社員にも接触を試みているようです。取り急ぎあなたには伝えておいた方がいいと思いまして」

千賀の言葉に、有紗の背中に緊張が走り、心臓が嫌なリズムを刻みはじめる。龍之介に探られて痛いことなどないだろうが、婚外子の存在は微妙なところだ。

「……室長、私たちのことが知られたらまずいですよね……」

不安な気持ちで有紗は言う。龍之介は子供たちにも有紗にも誠実に接してくれている。けれどふたりに婚姻関係がない状態では、双子は世間から見ると隠し子ということになる。

「副社長もあなたも細心の注意を払っておられますから、今のところ外部に漏れてはおりません。念のためと思い、お伝えしたまでです」

千賀が有紗を安心させるように説明した。

通勤や保育園への送り迎えは、龍之介が手配した専用車を使っている。会社での車の乗り降りは、副社長である彼だけが入れる地下駐車場だ。

「だけど……」

「そもそも副社長は独身ですし芸能人でもないんですから、本来ならあなた方のことはスキャンダルでもなんでもない。ただ万が一にでも記事になったら好奇の目に晒《さら》されるのは確かです。副社長もそこを心配されているのでしょう」

千賀はそう言うが、そうはいかないのが世間の目というものだろう。

恐れていたことになってしまうと、有紗は真っ青になった。自分と双子の存在が、彼の迷惑になる。それだけはどうしても避けなければと思っていたのに。

「私……どうしよう……」

いつになく取り乱す有紗に、千賀が落ち着いた声で説明する。

「大丈夫です。それに今回のことは真山さんあなたの責任ではない。そもそも副社長が週刊誌に追い回されているのは本人の行いが原因ですから」

龍之介の親戚でもある彼は、普通の部下には言えないことを口にした。

「本人の行いって……海外駐在時代のお話ですか？　有名な方々と付き合っていたっていう……」

千賀が眉を上げた。

「まぁそうです。ですが、あれはすべて事実無根ですよ。副社長は、海外駐在時代はそれこそ寝る間を惜しんで会社の業績回復のために奔走されていました。人脈を作る過程であのような記事が出ましたが、本当の話はひとつもありません」

「え？　……そうなんですか」

「ええ。ですがそれをゴシップに興味がないからと忙しさにかまけて否定しなかったのはまずかった。それは本人もあなたとの付き合いで痛感しているでしょうが」

はじめて聞く話に、有紗は唖然としてしまう。一時期世間を騒がせていたあの話がすべて誤報だなんて。

「副社長は仕事にストイックな方です。週刊誌に書かれていたような派手な付き合いをする暇などありませんでした」

千賀の話は、龍之介の人柄をよく知る有紗の中にストンと収まる。

彼は今と同じように、海外時代も会社のために身を粉にして働いていたのだろう。

「わかります。副社長は……そういう方ですよね」

有紗が言うと、千賀が笑みを浮かべた。

「その副社長が、真山さん、あなたのような女性を好きになられたのは私からしてみれば納得です」

「……え？」

「副社長は、生まれながらにして天瀬家の長男として巨大な企業を背負って立つと決められている方です。常に注目されて結果を出し続けなくてはならない立場にいらっしゃる。利用しようという目的で寄ってくる者も少なくない。昔から、友人にしても恋人にしても付き合う相手は慎重に選ばなくてはならなかった。だからあなたという信頼できる女性を好きになられた。やっと安らげる場所を見つけられたということでしょう」

千賀がそう締めくくる。そして「大丈夫ですから」と、念を押してミーティングルームを出ていった。

残された有紗は立ち尽くし、頭の中で千賀の言葉を反芻《はんすう》する。

胸が締めつけられるように痛かった。いつかの夜に港で見た、龍之介の切ない眼差しが頭に浮かび、胸の奥に強い思いが生まれるのを感じていた。

巨大なものをひとりで背負い孤独に闘う彼が、有紗を求めるというならば、なんとしても応えたい。そばにいて彼を支えたい。立場が違うのはわかっていても、それが彼の望みならば。

でも自分の存在が、彼の信用を傷つけるのも事実なのだ。

有紗がそばにいるだけで、彼が築いてきたものすべてが、一瞬にして崩れてしまうかもしれないのだ。

彼を支えたいという願いと、もう彼のそばにはいられないという思い、ふたつの思いに有紗の心は切り裂かれるように痛んだ。

千賀と話をした日の夜、龍之介が帰ってきたのは夜十一時を回った頃だった。とっくの昔に子供たちを寝かしつけた有紗は、リビングで彼を出迎えた。

「おかえりなさい」

「まだ起きていたのか」

「龍之介さんにお話があって……」

ためらいながら有紗が言うと、彼は怪訝な表情になる。ネクタイを緩めながら有紗のところへやってきた。

「昼間に室長に聞いたんです。龍之介さんにまた週刊誌の記者が張りついてるって……。今度はゴシップ狙いじゃなくて龍之介さんの信用を失わせることが目的だって」

「どうかしたか？」

龍之介が眉を寄せた。

「千賀か……有紗には言うなと言っておいたのに」

「室長は悪くありません。どうして龍之介さんから私に言ってくれなかったんですか？　私が一番先に知っておくべきことなのに……私が……私たちのことが世間に知られたら……」

不安で声が震えてしまう。千賀は大丈夫と言ったけれど、この関係がどこでどう漏れるかわからない。今すでに漏れているかもしれないのだ。

龍之介が、うつむく有紗の両肩を優しく掴む。

「大丈夫だ、有紗と子供たちは必ず俺が守る」

その彼の言葉に、有紗は反射的に声をあげた。

「私のことを心配しているわけじゃありませんっ！」

龍之介が目を見開いた。

「有紗」

驚く彼の姿がじわりと滲む。頭の中が沸騰しそうなほど熱かった。いつもいつも彼は有紗を優先してくれる。有紗と子供たちを心配してくれる。それはありがたいけれど、自分のことには無頓着すぎるのだ。それが有紗にはもどかしかった。有紗にとっては彼のことも子供たちと同じくらい大切なのに。

突然大きな声を出した有紗に驚き、固まる彼に向かって訴える。

「私……私、絶対に龍之介さんに迷惑かけたくない！　だからあの夜のことも忘れようとしたの！　絶対に知られちゃいけないって思って！　それなのに……どうしたらいいか」

「有紗、大丈夫だ。対策は講じてある。それにたとえ知られても、俺たちの関係になにも恥じることはないだろう？　俺と有紗が自分たちの子供を育てることのいったいなにがおかしいんだ？」

龍之介が有紗を落ち着かせようとする。その言葉に有紗は首を横に振った。

「子供たちはそうでも……私は龍之介さんに、相応しくない」

「有紗……？」

「誰が見たって釣り合わないわ。龍之介さんは名家の生まれで大企業の副社長なんだもの。そんな人が……ただの一般人と結婚するなんてどう考えてもおかしいじゃない」

熱い涙が頬を伝うのを感じながら有紗は胸に溜め込んでいた思いを吐き出していく。

「きっとあなたまで笑われる。だからこの関係がバレる前にあなたから離れなきゃって思うのに、それもできないの。だって……だって私……ずっとずっと龍之介さんを愛しているんだもの……！」

「だったらここにいてくれ！」

声とともに引き寄せられ、力強く抱きしめられる。耳もとで熱い吐息が囁いた。

「そばにいてくれ、有紗。俺には君が必要だ」

狂おしいほど強く抱かれ、彼の背中に腕を回して有紗は声を殺して泣く。

彼の愛が痛いほど伝わってくる。その愛に応えたいと有紗の心が叫んでいる。彼のそばで子供たちと共に人生を歩みたい。

けれど、そうしていいのかが、わからないのだ。

「私……。だけど……」

少し身を離した龍之介が有紗の頬を手で拭い、至近距離から有紗を見つめた。

「立場も生まれも関係ない。釣り合わないなんて言わないでくれ。誰がなんと言おうと、俺の妻は君だけだ。雑音なんて俺が黙らせてやる」

真っ直ぐな視線と強い言葉が、有紗の胸にすっと届く。混乱し荒ぶっていた心が少しだけ落ち着いた。

彼の言葉は信用できる。彼がそうすると言うならば、なにからも守ってくれるだろう。ならば、あとは有紗の心次第。

……でも。

まだ少し怖かった。妻として彼の隣に立つ。その自信が持てない。

静かな眼差しで有紗の答えを待つ龍之介に、有紗は不安を口にする。

「そんなことをしてもいい？　私に龍之介さんの隣に立つ価値なんて、ないような気がして……」

弱気な言葉を口にしたその刹那、龍之介の目になにかが灯る。問いかけには答えずに、突然彼は腕を回し有紗を抱き上げた。

「きゃっ……！」

そして、声をあげ彼にしがみつく有紗を見下ろした。

「なら教えてやる。俺にとって有紗がどれほど価値があるのかを」

龍之介に抱かれたまま、有紗が連れてこられたのは一階にあるゲストルーム。海外からの客をいつでも迎えられるように、いつもベッドメイキングが施されている。

その大きなベッドに下ろされて、戸惑う有紗の瞼を龍之介の親指が優しく辿る。

「有紗のこの澄んだ目が好きだ」

唐突に甘い言葉を囁かれて、有紗は目を見開いた。

「秘書になったばかりの頃、この目で将来を見据えて仕事を頑張る有紗の姿に、俺は恋に落ちたんだ」

「……そんな風に想ってくれていたんですか？」

あの頃の有紗は、とにかく毎日必死だった。愛想がいいわけでもない、真面目なだけが取り柄の有紗に、そんな要素はどこにもなかったはずなのに。

龍之介が愛おしげに目を細めて有紗の頬にキスを落とした。

「この頬が好きだ。チョコレートを見ると嬉しそうに緩むのを見るたびに、キスしたい衝動を抑えるのに必死だった」

ついばむように繰り返しキスをする柔らかな彼の唇の感触に、有紗の胸に幸せな想いが広がってゆく。ずっとずっと大切に、特別に想われていたという事実に、自信がないと怯える気持ちが消え、少しだけ強くなるような心地がした。

龍之介の手が有紗の耳に触れる。親指と人さし指で優しく擦り合わせられる感触に、有紗は「ん」と声を漏らす。

すると彼は笑みを浮かべて、そこへも口づける。

「有紗のここは、感情が昂ると真っ赤になるのを知ってるか？　ル・メイユールの夜、君の耳が赤く染まるのを見て、有紗も俺と同じ気持ちだったと知ったんだ」

「あ……！　りゅっ……！」

直接愛撫されながら、愛の言葉を注ぎ込まれるという強い刺激に、有紗は身体を震わせる。力の入らない手で彼のシャツを握りしめる。

「有紗に出会って俺ははじめて人を愛することを知ったんだ。有紗は俺にとって、ここにいるだけで特別な存在だ」

首筋を辿る龍之介の吐息が少しずつ熱を帯びてゆく。その言葉は、有紗の心の奥に真っ直ぐ届く。いつも彼は有紗に本当の言葉をくれたから。

熱い吐息が素肌に触れる感覚に、有紗は身体を震わせた。

「龍之介さ……も、わかっ……！」

こらえきれずに身をよじり、甘い息で許しを乞う。これ以上はどうにかなってしまいそうだ。でも彼は許してはくれなかった。

大きな手がうなじに差し込まれる。と、同時に唇を奪われた。

「んんっ……！」

有紗の中の弱気な心をねじ伏せるような荒々しい口づけに、有紗は背中をしならせる。そこに感じる冷たいシーツの感覚に、いつの間にか寝かされたのだと気が付いた。

膝立ちになった龍之介が強い視線で有紗を見下ろしていた。

「価値がないなんて、二度と言えないようにしてやるよ」

そしてまた深いキス。

はじまった甘すぎる彼の愛撫に、有紗が音をあげても、彼は一切手を緩めなかった。

有紗の身体の隅々まで口づけて、有紗がどれだけ彼にとって特別かを心と身体に刻み込んでゆく。

「有紗が俺に相応しくないなら、どうして俺はこんなに君に狂うんだ？　俺をこんな気持ちにさせるのは後にも先にも君だけだ」

彼の言葉が。

彼の吐息が。

自分に触れる大きな手が。

有紗を特別なものにする。

自信がないと怯える気持ちを塗り替えていく。

立場も生まれも関係ない、自分と彼はただお互いを必要として一緒にいる。それだけのことなのだ。その事実があれば、それでいい。

龍之介の激情を一身に受け止めながら、有紗はようやくその揺るぎない答えに辿り着いた。


カーテンから差し込む明るい光を感じて、有紗はゆっくりと目を開く。目に飛び込んできた見慣れない天井に、不思議に思い身体を起こす。部屋の中を見回して、ここがゲストルームだということに思いあたる。

眠りに落ちる時、そばにいたはずの龍之介はいなかった。

ベッドを出て差し込む朝日に誘われるようにカーテンを開ける。明るい光に包まれると、まるで自分が生まれ変わったような心地がした。

昨夜龍之介は、ベッドの上で長い時間をかけて有紗を抱いた。有紗が、彼にとってどれだけ特別かということを身体と心に刻み込んだのだ。

目を閉じて、有紗は自分の心を探る。唇、頬、指の一本一本まで彼の愛に満たされている。

弱い自分は、もうどこにもいなかった。

もう大丈夫。なにがあっても迷わない。

そこで、ドアの向こうが騒がしいような気がして振り返る。

「まんまぁ」

「ここにいるよ。だけどまだ寝てたら、そっとしておいてあげような」

「あぶー」

龍之介と息子たちの話し声だ。

ドアが開いて、三人が入ってきた。

龍之介が康太を抱いて、圭太が有紗に向かって走ってくる。ベッドによじ登り、有紗の腕に飛び込んだ。

「まんま！」

「おはよう、けいくん」

勢いに押されながら、有紗は彼を受け止める。頬と頬をくっつけると幸せな思いに満たされる。

龍之介が微笑んだ。

「起きたんだな、身体つらくないか？　まだしんどいならもう少し寝てていいよ」

「もう、大丈夫です。寝坊してすみませんでした」

頬を染めて有紗は答えた。明るい中で話をするのが、なんだか気恥ずかしい。

「気にするな。ふたりの朝ごはんはもう先に食べさせたから」

龍之介はそう言って康太を見てにっこりと笑う。

「パン！　パン！」

康太が龍之介の腕の中で嬉しそうに声をあげた。

そう言われてみれば、なんだか圭太から甘い香りがする。

「美味しそうな香り。なに食べたの？」

圭太に向かって問いかけると、龍之介が答えた。

「ホットケーキだ、ふたりともすごい勢いで食べた。おかわりいっぱいしたもんな。起きられそうなら、有紗の分も焼くよ。トーストとどっちがいい？」

柔らかく微笑みこちらを見る龍之介と、よほどホットケーキが美味しかったのか、ご機嫌のふたり。三人が微笑んで自分を見つめる光景に、有紗は胸をつかれたような心地がした。

この場所に、自分はいるべきだと強く思う。彼らには自分が必要で、自分もまた彼らを必要としているのだ。

——四人は一緒にいるべきだ。

なにがあっても。

誰がなんと言おうとも。

この先も、ずっと。

「龍之介さん」

「ん？」

「私、龍之介さんと家族になりたいです」

今胸を満たしている素直な思いを口にすると、龍之介が目を見開いた。

「龍之介さん、私と結婚してください。私、龍之介さんと生きていきたい。子供たちと四人で幸せになりたいです！」

唐突にはじまった有紗からのプロポーズに、龍之介が不意をつかれたように瞬きをしている。ホットケーキかトーストかの答えになっていないし、子供たちもいるところで、と思うけれど口は止まらなかった。

「私、もう迷いません。相応しくないなんて言わない。愛しています。結婚してください」

大きな声を出す有紗を腕の中の圭太が、不思議そうに見上げている。

龍之介が康太を抱いたまま有紗のところへやってくる。

双子と有紗を広い腕でまとめて抱きしめた。

「有紗！」

そのまま有紗の髪に口づける。

「決心してくれてありがとう。四人で必ず幸せになろう」

その声は、わずかに震えていた。

温かい声と、自分たちを包む力強さに、有紗は決意する。回り道をしたけれど、ようやくひとつになれたのだ。この先、なにがあっても絶対に乗り越えてみせる。

固く抱き合う両親を、少し苦しそうにしながら双子が不思議そうに見上げていた。

第五章　この街で生きていく

有紗のプロポーズを受けた龍之介の行動は早かった。その日のうちに有紗と子供たちを連れて、有紗の故郷へと飛んだのだ。古い定食屋に併設された有紗の実家で、まず彼は、畳に頭をつけて有紗の父に子供たちのことを詫《わ》びた。

「僕のいたらなさから、彼女と子供たちに苦労をさせることになりました。これからは必ず幸せにすると約束します。どうか娘さんと結婚させてください」

父は涙を流して頷いた。

「よかったな、有紗」

父が泣くのは母が亡くなって以来だった。

そうして有紗側の了解を得てから、今度は龍之介の父親、天瀬一郎への報告をすることになった。彼が海外出張から戻る日の夜に龍之介はアポイントを取りつけた。

事件はその前日に起きた。

週刊誌から秘書室に、二日後に載る予定の電子版の紙面が通達されたのだ。

【天瀬商事の副社長、婚約破棄の真相。秘書と乱れた関係か⁉】というタイトルの記事の内容は、ひどいものだった。

ＪＥＤグループの創業者一族である渡辺家の令嬢と龍之介の縁談が、籍を入れる直前に破棄された。原因は龍之介の浮気。その相手が第一秘書だったということが発覚したからだとある。秘書と龍之介の間には、子供までいるというただれた関係で、今後の天瀬商事とＪＥＤグループの取引にも影響が出かねないという内容だ。

渡辺家の令嬢とはすなわち詩織のことだろう。彼女との縁談が持ち込まれたのは事実だが、三年も前に断っている。婚約破棄などという事実はない。しかもそれが有紗との関係が原因などもってのほかだ。

とはいえ、その通知が来た時の秘書室は騒然となった。有紗を含めた皆が真っ青になったが、当の龍之介はひとり落ち着いていた。

「私に任せてくれ」

そう言ってその日一日の予定をキャンセルし、行き先を告げずに外出した。


——そして次の日。

記事への対応について緊急の取締役会が開かれることになった。記事の内容は、龍之介のプライベートだけでなく、取引先企業にまで及ぶもので、会社として対応する必要があるからだ。

取締役会は社長である天瀬一郎が帰国する昼過ぎに合わせて開かれることになった。

その直前。秘書課に、龍之介と有紗、千賀とその他の秘書課のメンバーが集まった。

龍之介が話があると言って皆を集めたのだ。

詩織は、昨日から無断欠勤していて、この場にはいない。

秘書課の社員が有紗と龍之介を気まずそうに見ている。

有紗の子の父親がまさか龍之介だとは思っていなかった彼らからしてみれば、晴天の霹靂《へきれき》とも言える出来事で、聞きたいことが山ほどあるはずだ。だがとりあえず静観してくれている。だからこそ申し訳なかった。

有紗と子供たちとのことがどこから漏れたのかは不明だが、まさかここまで悪意のある書き方をされるとは思わなかった。会社に損害を与えたら、ここにいる彼らにも迷惑がかかる。

まず龍之介は、彼らに向かって口を開く。

「昨日から、私のことで騒がしくして申し訳ない。その件について取締役会が開かれる前に、君たちに私の口からきちんと説明させてくれ」

社員たちは、背筋を正して彼の言葉を待っている。婚約破棄、浮気、隠し子とひどいている。

い言葉が並ぶ記事を見てもなお、彼への信頼は揺らいでいない。すぐ近くで一緒に働いてきた者にとって、週刊誌の記事と目の前の彼、どちらが信用できるかはわかっている。

「まず、渡辺家の令嬢……これはここに在籍している渡辺詩織さんを指すのだろうが、彼女と婚約していたという事実はない。確かに以前、縁談が持ち込まれたことはある。詳細は言えないが、すでにその話はなくなっている。婚約などという話はまったくの事実無根だ」

何人かがホッと息を吐いた。

「次に、秘書……つまりここにいる真山さんとの件だが、彼女との間に子供がいることは事実だ。だが記事にあるような浮気相手などではなく、真剣に付き合っていての結果だ。後ろめたいことは一切ない。彼女とは近々結婚する」

龍之介が言い切ると、皆の視線が一気に有紗に集まった。

「結婚……真山さん、おめでとう」

隣に立つ同僚が有紗の腕を掴み、小さな声で言う。他の者も皆温かい視線で有紗を見ていた。

その様子に、龍之介が微笑む。そしてまた真剣な表情に戻る。

「最後に、取引先であるＪＥＤグループとの関係についてだが、今回の件について悪い影響は出ないと約束する」

その言葉に、有紗を含めた皆が安堵した。理由を言わなくとも信頼できる言葉だとわかるからだ。

「以上だ。……では行ってくる」

龍之介がそう言った時、秘書室に電話の音が響き渡った。点滅しているランプは、大会議室の内線だ。

千賀が受話器を取る。

「はい、秘書室です。はい、いらっしゃいます。はい。え？　……そうですか。え？　真山を……ですか？　……お伝えします」

千賀が受話器を置いて龍之介を見た。

「大会議室に、社長以下取締役がお揃いです。副社長に来るようにと。……それから真山さんも一緒に」

その言葉に、一同息を呑む。

今日の取締役会は、龍之介が社長以下取締役たちに事情を説明するために設けられた場だ。場合によっては龍之介の進退に影響する。有紗も同席しろということはふたりまとめて糾弾されるのだろうか。

「どうやら渡辺さんもいらっしゃるようです」

皆顔を見合わせた。

「どうして?」

「出社してたの?」

無断欠勤していた詩織が、なぜこのタイミングで出勤しているのか、しかも取締役たちと一緒に龍之介を待っているのか不可解で仕方ない。

龍之介だけは落ち着いていた。

「なるほど、わかった。ありがとう。ただ、真山さんは来なくていい。私ひとりでご納得いただくよ」

力強く彼は言う。

有紗の胸がギュッとなった。

冷静に考えれば、彼の言う通りにするべきだ。彼が昨日どこへ行き、どういう決着をつけてきたのか、有紗は知らない。でも子供たちのことで彼ひとりが糾弾されるのは嫌だった。

きっと彼はなにを言われても有紗を庇い、言い訳ひとつしないのだろう。そういう人だから有紗は彼を好きになったのだ。

でもそれでは納得いかなかった。

「私も行きます。行かせてください」

有紗は龍之介に訴える。

「皆さん、子供たちのことについて知りたいのでしょう？　私の口からも説明させてください。業務のことへは口出ししませ……」

「そういうことを心配しているわけではない」

龍之介が少し強く有紗の言葉を遮った。

「話し合われるのは、業務のことだけではない。君に聞かせたくない言葉が飛び交うことになる」

彼の言葉の意味を有紗はすぐに理解した。

天瀬商事の取締役会は、ほとんどが天瀬家の血族で構成されている。記事に書かれていることが会社経営に影響しなければそれでいいということにはならない。

有紗との結婚の話を報告すれば、天瀬家の長男である龍之介の相手として相応しいかどうかまで話題にのぼる可能性がある。

「大丈夫です。なにも後ろめたいことはないって龍之介さんが言ってくださったんじゃないですか」

恐れる気持ちはもうなかった。

彼と再び結ばれたあの夜に、有紗は迷いを捨てたのだ。

誰にどう言われても自分は龍之介のそばにいる。ならば子供たちのことを龍之介の父親に認めてもらうために自分にやれることをしたい。

決意を込めて彼を見ると、龍之介が目を見開いた。

「有紗……」

皆がいる前ですべてのことを言うわけにはいかないが、それで思いは伝わったようだ。龍之介がわずかに笑みを浮かべて頷いた。

「わかった」

そして部屋の中の皆を見回した。

「時間をもらって申し訳なかった。行ってくる」

そう言って部屋を出る龍之介の後を追う有紗に向かって、秘書課の同僚たちが小さくガッツポーズをする。

「真山さん、頑張ってね」

それに微笑み返して、有紗も秘書室を出た。

「渡辺さんは、叔父を味方につけている可能性がある」

大会議室へ向かうエレベーターに乗り込む龍之介が有紗に説明する。

彼が叔父と呼ぶのは、常務取締役のことだ。

「常務を味方に？」

「そうだ。叔父は悪い人ではないが、保守的な考えの持ち主なんだ。天瀬家が元華族だということを誇りに思っている。縁談が持ち込まれた時、渡辺家の娘ならば家の嫁にぴったりだと一番喜んでいたのは彼だった」

なるほど、それならば詩織の肩を持ってもおかしくはない。さらに言うと、有紗が相手では納得しないだろう。

「だが誰がなんと言おうと俺の妻は有紗だ」

龍之介が言い切った時、エレベーターが停止した。

扉が開いた先にあるのは、重厚な天然木の扉。天瀬商事の取締役が揃う大会議室だ。

先を行く龍之介が振り返る。

そして有紗を見て笑った。

「行こう」

大会議室では、八名の取締役が四角く並べられた机に、ずらりと並んで龍之介と有紗を待っていた。龍之介の予想通り、詩織は常務の隣に座っている。

「お待たせして申し訳ありません」

龍之介が言い、自分のために用意された席に座る。有紗もその隣に着席した。

「では、はじめよう」

龍之介の父、天瀬一郎が開会を宣言すると、常務が手を上げて口を開いた。

「龍之介、どういうことか説明しろ」

議題が、縁談や浮気といったプライベートの色が強い事柄だからだろう。すでに、呼び方が甥《おい》に対するそれになっている。

龍之介が口を開いた。

「記事に書かれてあることは、一部は本当のことですが、一部は事実ではありません」

そう前置きをして話しはじめた。

「まず渡辺さんと婚約しているという話ですが、これについては事実無根、確かに三年前に見合いの話をいただきましたが、その時点でお断りしております。それは社長もご存じですね？」

龍之介がちらりと一郎を見ると彼は無言で頷いた。

詩織がいるにもかかわらず断ったことをはっきり口にする龍之介に、常務が渋い顔になった。

「だが……詩織さんはまだ秘書室におられるじゃないか」

「はい。ご本人の気が済むまで在籍させてほしいと渡辺社長に頼まれましたので。ですがさすがに三年経ちましたから、そろそろ……という話は、本人にしております」

容赦のない龍之介の言葉に、常務は隣でうつむいている詩織を気遣うように見た。大事な取引先のご令嬢に失礼にならないかを心配しているようだ。

「龍之介……お前、そのような言い方は……」

「いいんです」

詩織が口を開いた。目を潤ませてほとんど泣きそうである。

「いつまでも未練がましく居座り、申し訳ありませんでした。お祖父さまは、私と龍之介さんが一緒になることを望んでいて、お父さまも、両家のためにはその方がいいと言っておりました。ですから私、適当な理由をつけて残るように言われたんです。断られたのはきっと龍之介さんのお仕事が忙しい時期だからだって……」

そこで彼女は声を震わせ、泣き出した。

「それが龍之介さんは不快だったのですね。申し訳ありません……」

しおらしいことを言って肩を震わせる詩織に、同情の目が向けられる。

龍之介だけは彼女に冷たい視線を送り、口を開いた。

「次に、真山さんとの件ですが。彼女との間に子供がいるというのは事実です。ただ記事にあるような浮気相手などというものではなく真剣な関係です。順序が逆になってしまっておりますが、近々結婚します。すでに彼女のお父さまにもご了承いただいている。本来なら本日社長への報告を済ませて入籍する予定でした」

龍之介の言葉に反応したのは、一郎だった。

「結婚するのか？　お前が？　……ほう」

身を乗り出して有紗と龍之介を見比べた。

一方で常務は厳しい表情になる。

「龍之介。秘書と結婚などと……本気か？」

まるで浮気相手の方がよかったというような口ぶりだ。

「もちろんです。念のため言い添えますが、これは報告です。お伺いを立てているわけではありません。誰になんと言われようと結論は変わりません」

「し、しかし……」

「もういいんです……」

詩織が常務を止めた。涙を流して首を横に振る。

「私が、いたらなかっただけですから……龍之介さんが好きな方と一緒になられることと、心よりお祝い申し上げます」

しおらしく言って立ち上がる。

「お父さまにはご納得いただけるよう、私からよくご説明しておきますから」

その言葉に、取締役たちが苦い表情になった。お父さまとはすなわち、ＪＥＤグループの代表取締役社長だ。取引に影響はないか、心配しているのだろう。

龍之介だけは、平然としている。

「りゅ、龍之介！　お前、冷静になって考えろ。結婚はお前だけの問題ではない！　今からでも詩織さんに詫びるんだ」

常務がやや青ざめて龍之介を叱責した。

「一時の感情で会社を危機に晒す気か？　詩織さんのなにが不満なんだ？　どう考えても詩織さんは天瀬家の嫁に相応しいだろう！」

その言葉に、龍之介が眉を上げる。

「そうですか？」

そして詩織に鋭い視線を送った。

「常務、そもそも、三年も前にお断りした縁談と、現在の私の状況が一緒に記事にされている……どうしてだと思います？」

「……さあ」

少し話の矛先が変わったことに、常務が面食らったように答えた。

「裏で糸を引いているのは、久保商事ですよ」

龍之介が言い切ると、会議室がザワザワとした。

「久保商事の久保社長は、先日の花田文具買収の件で我が社……いや私に恨みを持ったようです」

一郎が龍之介の話を補足する。

「私の友人からの確かな情報だ。逆恨みもいいところだが、あの社長、もともと龍之介を目の敵にしていただろう。昔からやたらと突っかかっていた」

龍之介が頷いた。

「私の醜聞を世に広めて表を歩けないようにしてやると息巻いて、週刊誌を焚きつけていたようです。我が社の社員にまで聞き回っていた。でも私は独身ですから真山さんとのことは、醜聞にはなりません。で、このようなでっち上げの記事ができあがったのでしょう」

龍之介がそう言って、タブレットを手に立ち上がる。

「それは理解できなくはないのですが、そもそもなぜ真山さんのことが外部に漏れたのか？」

タブレットをスライドさせて記事を皆に見せた。

「真山さんと子供たちが乗った車が、私の家へ入るところの写真です。皆さんご存じの通り、私の家はベリが丘で最もセキュリティの高いノースエリアにある。週刊誌の記者が入ることはできません。……それなのに、彼らはなぜこの写真を撮れたのか」

そう言う龍之介は、詩織を鋭く睨んでいる。睨み返す彼女の顔から、さっきまでのしおらしさは消えていた。

「詩織さん、君の従兄弟がノースエリアに住んでいるね？」

龍之介からの問いかけに、詩織が即座に答える。

「だからなに？　私が手引きしたっていうの？　証拠でもあるの？」

さっきまでのお嬢様然とした態度とはまったく違う受け答えに、一同目を剥いた。

「もちろん証拠などない。だが君が、私の配車記録に何度も不正にアクセスしていたという記録はある。……君が私の周辺を嗅ぎ回っていたのは間違いない。いったいなんのために？」

龍之介からの追及に、詩織の目が泳いだ。

「それは……」

取締役たちが眉を寄せている。

旗色が悪くなってきた詩織は、唇を噛んで答えない。そこへ龍之介は追い討ちをかける。

「詩織さん、久保社長が暴露したよ。記事作成にあたって君に協力してもらったと。少々強引な手も喜んで引き受けてくれたと言っていた」

「なっ……あいつ！　絶対に言わないって約束したくせに」

「言うしかなかったんだ。なにしろ私はこんな記事なんかよりもはるかに危険な久保社長の秘密を掴んでいる。それを漏らさないことを条件に記事も差し止めると約束した。だからこの記事は表へは出ない」

その言葉に、一同はホッと息を吐く。いくら虚偽の記事だとしても一度表に出てしまえば、完全に否定するのは不可能だ。イメージダウンは避けられない。

「渡辺さん、君がはじめに真山さんと私の関係を疑いだしたそうだね。久保社長が、ドンピシャリだと舌を巻いていた。どうやって私たちのことを嗅ぎつけたかは知らないが、秘書室所属の社員は役員の業務内容、スケジュール、プライベートに関して外部に漏らさないという宣誓書にサインをしたはず。君がしたことは、重要な守秘義務違反だ」

龍之介からの指摘に、詩織が鼻を鳴らした。

「なにが守秘義務よ、ふたりで仲良くチョコレートを食べてたわよって教えただけじゃない。馬鹿馬鹿しい」

「つい先ほど渡辺社長にお電話して、この件をご報告したよ。社会勉強は終わりにしていただくという話になった。いくらJEDグループのご令嬢といえども、今は社員だ。このような重大な背信行為を見過ごすわけにいかないからね」

「お、お父さまに？　なにもそこまですることないじゃない！」

厳しい姿勢を崩さない龍之介に、詩織がやや慌てて言い返した。

「君はお父さまからのご紹介でここにいる。なにかあった時は、お父さまにご報告するのが筋だろう」

詩織が悔しそうに唇を噛んで彼を睨む。隣の席に置いてある鞄をひったくるように掴むと、カツカツとヒールを鳴らして出ていった。

ドアが乱暴に閉まったのを確認して、龍之介がため息をつく。そして常務に向かって呼びかける。

「叔父さん」

常務が龍之介を見た。

「叔父さんが、天瀬家を誇りに思っておられるのは知っています。その考えに私は口出ししません。ですから叔父さんも私の考えに口出ししないでいただきたい。私は、相手の家柄うんぬんより、信頼できる相手と結婚したい」

常務はぐっと言葉に詰まり、なにも言わなかった。

完全に納得していないのは確かだが、名門中の名門、渡辺家の令嬢の振る舞いを目のあたりにしたばかりの今、反論できないようだった。

「とりあえず、社としてこれ以上対応する必要はなさそうだな。これにて、取締役会は終了する。皆、ご苦労さま。ああ、龍之介と真山さんは残りなさい」

社長である一郎が宣言して、他の取締役たちは部屋を出ていく。

社長席に座る一郎のところへ龍之介と有紗は歩み寄る。記事についての件が片付いて安心した有紗だが、また心臓がドキドキと音を立てている。

龍之介が有紗と結婚すると宣言したことについて、一郎はどう思っているのだろう？

一郎の前に並ぶと、龍之介が大丈夫だというように、有紗に向かって微笑んだ。

その時、一郎の携帯が鳴る。どうやら着信のようだ。彼は相手を確認して画面を指でスライドさせた。

「天瀬です。ああ、社長。わざわざご連絡を……いやまぁ、そうです。その通りにさせてもらいましたよ。そうですか……こちらはそこまではお願いしませんが。それはもちろん。ではまた」

ひとしきり話をした後、通話を切る。

龍之介に向かって、やれやれというように肩を竦めた。

「渡辺社長だ。今回のことの詫びを直接言うために電話してくださった。詩織さんは、数年は離島に行かせて反省させると仰っていたよ。しばらく都内には戻さないから許してくれということのようだ」

「そうですか」

龍之介が頷いた。

「それにしても今日は驚くことばかりだ。日本に到着して早々に、記事のことを知った。いったいどうなっとるか、お前の口から説明しろ」

一郎が龍之介を追及する。だが不快だという様子ではなく、ただ興味津々といった感じだ。

「記事の通り、彼女と私の間には双子の男の子がおります。すでに同居もしている。本日父さんに報告したら、入籍する予定でした」

簡潔に説明する龍之介に、一郎がふたりを見比べた。

「すでに同居まで。全然気が付かんかった。だが入籍……はともかく、子供とは話が飛びすぎじゃないか？　真山さんは、確か最近二年ぶりに復帰したんじゃなかったか？　……その間も龍之介と会っていたというわけか？」

一郎が有紗に向かって問いかける。

「いえ……それは……」

有紗が言い淀《よど》むと、一郎はため息をつく。

そして龍之介を睨んだ。

「龍之介、お前、よその娘さんにいい加減なことを……」

「彼女がひとりで子供たちを生むことになったのはすべて私の責任です。言い訳はしません。ですが子供たちのことは、いい加減な気持ちでの結果ではありません。家族になるための準備を整えております」

「だが、二年もほったらかしというのは……」

それでも渋い表情の一郎に、有紗は思わず口を挟んだ。

「あの……！」

龍之介と一郎が、有紗に注目する。

有紗は一郎に向かって訴えた。

「龍之介さんのせいではありません。私がお伝えしなかったんです。勝手にひとりで結論を出して……」

今までのことがすべて龍之介の責任だと思われるのが嫌だった。

「龍之介さんは子供たちのことを知ってからは、できることをすべてしてくれました。家のことも保育園のことも。子供たちも龍之介さんのことが大好きなんです……だから……」

と、そこで。

「そうか、そうか！」

突然、一郎が笑い出した。

驚いて有紗が口を閉じると、彼は笑いながら口を開いた。

「真山さんの気持ちはよくわかった。いつも冷静な君のそんなところははじめて見るからな。よほどのことなんだなぁ」

その言葉に、有紗は急に恥ずかしくなって頬を染める。よく考えれば、相手は社長。

それなのに夢中になって訴えてしまった。

「だが、安心したよ。記事を見た時は龍之介があなたを傷つけたのかと思ったが、そうではないようだ」

そう言って優しい目で有紗を見た。

「親バカと言われるかもしらんが、私は息子を信頼している。だから龍之介が選ぶ相手なら誰でもいいと思っていた。だが君なら、龍之介の言う通り信頼できる。龍之介のパートナーは君しかいないと私は思う。嬉しいよ。うるさい親戚ばかりで申し訳ないが、私からきちんと説明しておくからどうか許してほしい」

「社長……」

思いがけない一郎からの祝福に、有紗は目を見開いて、龍之介を見る。

龍之介が、だから言っただろう?というように肩を竦めた。

「龍之介が結婚するだけでも嬉しいのに、もう孫までいるとは驚きだ。母さんの命日に間に合ったな。真山くん、私は子供たちに会わせてもらえるだろうか?」

一郎からの言葉に有紗は顔を覆う。

「もちろんです。ありがとうございます」

そのまま泣き続ける有紗の肩を龍之介が優しく抱き寄せた。

エピローグ

ドーンドーンと、音が鳴るたび、夜空に大輪の花が散る。色とりどりの光がベリが丘の街を、明るく照らしている。

龍之介の腕に抱かれた圭太と康太が大きな目を輝かせて、空を見上げていた。

夏の盛りを過ぎたこの日、ベリが丘では、毎年恒例の花火大会が行われている。

海上から打ち上げられる花火は、この街の夏の風物詩。セレブから一般市民まで皆が楽しみにしているイベントだ。

有紗と龍之介は子供たちを連れて海辺の遊歩道を歩いている。ずらりと並ぶ夜店に、有紗の心は自然と弾んだ。

双子も嬉しそうにあっちこっちを指さして大興奮である。

「龍之介さん、重くないですか？」

有紗は少し心配になって龍之介に尋ねた。ふたりが喜んでいるのは有紗も嬉しいが、身体を大きく揺らすので抱いている龍之介がつらくないかと思ったのである。

通りが人でいっぱいなのはわかっていたからベビーカーは持ってこなかった。

「私、どっちか抱っこします」

「大丈夫。そういう約束だったじゃないか」

龍之介がこともなげに言って微笑んだ。

「君の浴衣姿を見るためだ」

自分を見つめる少し熱のこもった眼差しに、有紗の頬が熱くなった。

今有紗は、花火大会の夜らしく、紺色のとんぼ柄の浴衣を着ている。本当は浴衣なんて一歳の双子を連れている母親が着るものではないと有紗は思う。浴衣は子供を抱くには少し不向きだ。それでも有紗が着ることにしたのは、他でもない龍之介に頼まれたからだ。

今日一日は息子たちのことはすべてやるから、と。

はじめ、有紗は躊躇した。

それは浴衣が子供たちと一緒に行動するのに不向きだというだけでなく、今までの人生で、誰かのために着飾ることなどほとんどなかったからだ。

恋愛も結婚もしないと決めていた自分には、こんなこと、一生ないだろうと思っていたのに、思いがけずお願いされて戸惑ったのだ。

とりあえず、龍之介が予約してくれた美容室で言われるままに着つけられてメイクを施されたはいいけれど、これでよかったのかどうなのか……。

ちらりと隣に目をやると、龍之介と視線が合う。有紗の気持ちを読んだように彼は口を開いた。

「綺麗だよ、想像以上だ」

真っ直ぐに有紗を褒めるその言葉に、有紗は耳まで真っ赤になり慌てて周りを見回した。ここは花火大会の会場なのだ。人でごった返している。

誰かに聞かれたら……。

一方で龍之介は平然としている。

「誰も聞いてないよ」

「でも……」

「べつに誰かに聞かれたとしてもいいだろう。本当のことなんだから。だけどそんな君と手を繋げないのが、少しだけ残念だ」

そんなことまで言う彼に、有紗は「もう」と言って口を閉じる。こんなところで、と思うけれど、大好きな人からの言葉は素直に嬉しかった。

再会してから、家族としてのお出かけはもう何度目かになる。

そろそろ慣れてもいい頃だ。

でも今日はなんだか振り出しに戻ったような気分だった。着飾っているというだけで、まるではじめてのデートかのように胸がドキドキと高鳴った。

「有紗こそ疲れてないか？　慣れない履き物だから、あまり歩かない方がいいかもしれないな。あそこで少し休憩しようか。花火もよく見えるし」

彼はそう言って、ちょうど空いたベンチを指し示した。そこへ、有紗と龍之介が並んで座り、それぞれの膝に双子を抱いた。

子供たちは花火に夢中である。

と、そこで。

「あれ？　あの人、どっかで見たことない？」

「え？　……本当だ。どこだっけ？」

どこかからそんな声が聞こえてくる。おそらく龍之介に対しての言葉だ。この街で彼は有名人。顔を知っている人はどこにでもいる。

「あの人だよ、ハリウッド女優と熱愛報道があった……」

「あー！　結婚してたんだ」

そんなやり取りに、有紗は一瞬身構える。でもすぐに、大丈夫と思い直した。今はもう誰の目も気にする必要はない。

龍之介と有紗の結婚は、少し前に世間に向けて発表された。だからもう家族でいるところを誰に見られてもいいというわけだ。

この街で、堂々と彼と生きていけることが嬉しかった。

「龍之介さん」

呼びかけると、花火を観ていた彼が、有紗の方に視線を移した。

「ん?」

「今日は、連れてきてくれてありがとうございました。こうやって花火大会に一緒に来られるなんて夢みたいです」

もう随分慣れたけれど、やっぱりこんな夜は夢の中にいるみたいな気分になる。絶対に叶わない恋だったはずなのに、こうして彼と一緒にいられるなんて。

「私、ここで龍之介さんと生きていけるのが幸せです」

有紗にとってこの街は、自分の未来を切り開く第一歩になった街。特別な場所だ。ここでたくさんのことを学び、愛を知り、涙を流した。

自分のすべてがここにある。そんな風に思うくらいだ。

龍之介が柔らかく微笑み、夜空を見上げた。

「礼を言うのは俺の方だ、有紗。君に出会う前の俺は、この街を好きになれなかった。ここで生まれて、そのまま生涯を終える、俺はそういう運命だ。なにをするか自由には決められない。だから俺はこの街をどこか檻《おり》のように感じていた」

日本中の人が憧れるベリが丘の街が檻だなんて、他の人か聞いたらあり得ないと思うだろう。

でも考えてみればそうなのかもしれない。彼は生まれながらにして重いものを背負っている。自分の気持ちを優先して自由には生きられない人生なのだ。そのように感じたとしてもおかしくない。

「君と出会って、はじめて俺はこの街を心から好きだと思えたんだ。君と子供たちがいるから、ここで生きていきたいと思えた。……有紗、君のおかげだ」

「龍之介さん」

彼の言葉が有紗の心に染み渡る。自分を見つめる優しい眼差しがじわりと滲んだ。

「有紗、愛してるよ。幸せになろう」

「はい、龍之介さん」

言葉に力を込めて有紗が言うと。

「どーん！　どーん！」

膝の上で圭太が嬉しそうに両腕を上げた。

「おー！　おー！」

龍之介の膝に座る康太もつられて声をあげる。

「怖くないか？　綺麗だな」

子供たちに優しく話しかける龍之介に、有紗の胸がいっぱいになる。

今日のことをずっとずっと覚えていよう。

彼のそばで、このかけがえのないふたつの命を大切にして、生きていく。そうすれば、きっと、なにがあっても乗り越えられる。

ずっと幸せな道が続いている。

ドドーン！

ひときわ大きな音が鳴り響く。

たくさんの光の花が夜空に散り、幸せな家族とベリが丘の街を照らしていた。

了

特別書き下ろし番外編

幸せな一日

　雲ひとつない秋晴れの空の下、日の光を反射させてキラキラと輝くベリが丘湾に、豪華客船が停泊している。大きな窓からの絶景にわき目も振らずソファに座り、有紗はタブレットと睨めっこをしていた。

　ずらりと画面に並ぶのは、これから会う人たちの名前と役職。趣味から家族のことまでこと細かに入力してある。リスト自体は有紗がまとめたものだから、すでに頭に入っている。直前の最終チェックをしているのだ。

　リストにある人たちは皆、日本経済の中心にいるそうそうたる人物だ。絶対に失敗するわけにいかない。

「山岸《やまぎし》社長は、奥さまとご出席。奥さまはお花の先生で……」

　有紗がぶつぶつと言っていると。

「なにしてるんだ」

　声をかけられて顔を上げる。龍之介が渋い表情でタブレットを覗き込んでいた。

「龍之介さん」

有紗は驚いて声をあげた。部屋には有紗ひとりだったはずが、いつの間にか彼が部屋に入ってきていたようだ。

「招待客の最終チェックです」

答えると、龍之介が呆れたようにため息をついた。

「それは千賀の仕事だ。有紗がそんなことをする必要はない。今日は秘書として出席するわけじゃないだろう？　花嫁としてここにいる」

そう、今日は有紗と龍之介の結婚式。

ここは新郎新婦の控室で、支度を整えた有紗はウエディングドレス姿だ。

本来なら新郎と新婦は別々の控え室だが、ふたりにはすでに子供がいる。別々だと不便だから一緒にしてもらったのである。

「子供たちは？」

「私が準備から戻ってきた時にはいませんでした。待っているうちに退屈してしまったみたいで、両方のじいじが庭に遊びに連れていってくれたって伝言を受け取りました」

招待客をおもてなししなくてはならない有紗と龍之介の代わりに、今日の子供たちの世話は、有紗の父と一郎、ふたりの祖父に任せることになっている。

「ふたりとも、久しぶりにお義父さん会えてはしゃいでいたからな。無理を言っていないといいが」

龍之介が少し心配顔で言った。

生まれた時から世話をしていた有紗の父は当然のことながら、一郎もふたりをとてもかわいがってくれていて、今や双子はどちらの祖父も大好きだ。

今日はふたりに会えると知って朝から大喜びだった。

「念のためにお願いしたシッターさんも一緒だから、無理はしないはずです」

タブレットの画面を見ながら有紗は龍之介を安心させるように答える。すると突然、タブレットを取り上げられた。

「あ……！　龍之介さん」

驚いて彼を見ると、龍之介が渋い表情で口を開いた。

「ウエディングドレスを着てやることじゃない」

「でも……」

有紗は手を伸ばすが、タブレットは有紗の手が届かないセンターテーブルに置かれてしまう。取りに行きたくても立ったり座ったりするのがやっとなウエディングドレスを着ている状態では、取り戻すこともできなかった。

「招待客の皆さんに、失礼がないようにしたいのに……」

「だからそれを、千賀に任せてあると言ってるんだ。俺の頭にも入っている。……こうなりそうだから、式は家族だけで挙げた方がいいと俺は提案したのに」

龍之介はそう言ってため息をついた。

今日の式の招待客は、ふたりの家族や親しい人たちだけでなく取引先から財界関係者まで招待した盛大なものだ。ホテルとしても最大規模だとプランナーには言われたが、天瀬商事の副社長としては相応だ。

だがそれにはじめ龍之介は難色を示した。有紗と有紗の父を気遣ってのことだ。肩身の狭い思いをするかもしれないから、家族だけでこぢんまりとしたものにしようと言ってくれたのだ。

目立つことが苦手な有紗にとってはその方がありがたいのは確かだが、秘書としてはそういうわけにはいかない。結婚は龍之介にとっては大事な節目。関係各所にきちんと挨拶しておく方がこれからのためにもいいに違いない。

「お世話になっている方々に、きちんと挨拶しておかなくては、後々の取引きに影響があるかもしれませんし」

有紗が言うと、龍之介はふっと笑った。

「本当に有紗は、仕事熱心だな」

そう言って、有紗の隣に腰を下ろしてジッと見つめた。

「そんな風に俺と会社を大切に思ってくれるのはありがたい。だからここで式を挙げることに賛成してくれただけで十分だ。もう今日は仕事のことは忘れて俺の花嫁でいてほしい」

そう言ってにっこり笑う龍之介に、有紗は、ようやく彼も式に臨む準備を整えてきたのだと気がついた。

今日の彼は、落ち着いたブルーのモーニングコートを身につけている。キチンと整えられた髪がこれ以上ないくらい素敵だった。こんなにカッコいい人が自分の旦那さまなのだということが、いまだに信じられない。

「龍之介さん、そのモーニングコートすごく素敵です……」

気恥ずかしい気持ちでそう言って、有紗は目を伏せる。入籍してから約一年、家だけでなく仕事中も一緒にいるのに、いつまで経っても恋に落ちた頃のようにドキドキしてしまう。

龍之介が微笑んで有紗の頬にキスをした。

「有紗も綺麗だよ。今日は皆、驚くだろうな」

大袈裟な言葉に、有紗は首を横に振って頬を染めた。

「私、普段こういう格好をしないから、おかしいと思われるかも……」

龍之介との結婚について、自分が釣り合わないなどとはもう思わない。そばにいて彼を支えられるのは自分だけ、有紗だけが彼の妻なのだという自信はある。

けれど、ドレスアップすることに関しては別だった。普段の有紗は、仕事中はスーツだし、プライベートは育児向きのシンプルな動きやすい服装だ。そもそも着飾ることが苦手なので、おしゃれはほとんどしてこなかった。

それなのに綺麗なドレスを着て、こんな素敵な彼の隣に立って大丈夫かと思うくらいだった。

龍之介がふっと笑う。

「おかしいところなんてどこもない、綺麗だよ。もったいなくて誰にも見せたくないくらいだ。君が綺麗だということは、俺だけが知っていればいいからな。やっぱり結婚式は家族だけでやるべきだったな」

柔らかく微笑んで彼は再び有紗の頬にキスをする。そして懐かしそうに目を細めた。

「そういえば、はじめてドレスアップした有紗の姿を見たのもこのホテルだった」

その言葉に、有紗の頭に懐かしいあの夜のことが思い浮かぶ。

有紗が秘書室に異動したばかりの頃に、華やかな場に慣れるためパーティーへ連れてきてもらった日のことだ。

「あの時も綺麗な君に驚いた」

「え？　……そうだったんですか。全然わからなかったです」

あの日彼は有紗を完璧にサポートしてくれた。そんなことを考えている素振りなど微塵もなかったのに。

「気づかれないようにしたんだよ。有紗は仕事のためにパーティーへ来ていたのに、俺がそんなことを考えていると知ったらいい気がしないだろう」

そして熱のこもった眼差しで有紗を見つめる。

「あの日から、急に君が気になるようになったんだ。慣れない服を着て一生懸命頑張っている姿がかわいかった」

意外な言葉に有紗は驚く。有紗の方もあの日から彼が気になりはじめたのだ。

「……私もそうでした。龍之介さんが、吉田さんに私は仕事に一生懸命なんだって言ってくれたのを覚えていますか？　私、それを聞いて、嬉しくて……」

「なら俺たちは、はじめからこうなる運命だったんだな」

その言葉に、恋に落ちたばかりのあの頃の気持ちが蘇る。

はじめは無意識のうちに気づかないようにして。それからもなるべく考えないようにしたけれど、結局すべて無駄な努力だった。

きっとあの瞬間からこうなることは決まっていたのだ。そんなことを考えて有紗の胸は幸せな想いでいっぱいになる。

一方で、龍之介は眉を寄せ、肩を竦めた。

「だけど、結婚を報告した時、吉田からは散々言われたよ。言った通りだったじゃないかって。あの時はまだそうじゃなかったと何回言っても納得しない。しつこいんだ、あいつ」

「じゃあ、今日の式で私からもお話ししないと」

有紗がくすくすと笑っていると、龍之介の腕が伸びてきて有紗を閉じ込める。顎に手を添えられて有紗の胸がドキッとした。慌てて彼の胸元に両手をつく。

「りゅ、龍之介さん……！」

彼がなにをしようとしているのか気が付いたからである。

想いが通じ合ってからの龍之介は、すきあらば周囲の目を盗み有紗にキスをしようとする。多忙な日々を乗り切るために、自分には必要な行為なのだと言って。

有紗の方はそれにいちいちドキドキして困ってしまうのだ。だからこんな風に、その気配を感じるとすぐに身体が反応する。

もちろん有紗だって、本心から彼のキスが嫌なわけではない。

けれどとにかく彼のキスは甘いのだ。いつも不意打ちを受けた後は、すぐに頭が切り替えられなくて困ってしまう。さらに言うと彼の方は平然としているのが憎らしい。

今だってあと少しで式がはじまるところなのに。

「子供たちが戻ってきちゃいます」

「まだ大丈夫だろう。披露宴の間、ずっと君にキスできないんだ。今のうちにしておかないと」

「だけど、メイクが取れちゃ……ん」

抵抗むなしく、結局唇を奪われてしまった。

甘くて短いキスの後、有紗は頬を膨らませて彼を睨む。

「もう」

が、龍之介はどこ吹く風である。

「充電完了」

「もう、龍之介さんはそうでも、私の方は困ります……」

「どうして？」

「だって切り替えが……」

そんな話をしていると。

「ママー！」

「パパ！」

部屋の扉がバーンと開き、啓太と康太が入ってきた。有紗の父と一郎も一緒である。

双子は勢いよく走ってきて、有紗の前で立ち止まり大きな目をパチパチさせて有紗を見上げた。

どうやらいつもと違う格好をしている母親に、戸惑っているようだ。

龍之介が立ち上がり彼らを抱き上げ、再びソファに座り膝に抱いた。

「ママだよ。かわいいだろう？」

ふたりは顔を見合わせている。

「どーちて？」

圭太からの問いかけに、龍之介が優しく答えた。

「今日のママは、パパのお姫さまなんだよ」

それでもよくわからず首を傾げているふたりの向こうで一郎がにこにこと笑った。

「綺麗だ、有紗さん。いつまでも結婚せんと思っていた息子がこんなにいい人と結婚できるなんて、嬉しいよ。これからも息子をよろしく」

「はい、お義父さん」

有紗は答える。

龍之介と有紗の結婚について天瀬家から異論が出なかったわけではない。相変わらず、龍之介の叔父はよく思っていないようだが、それらの意見はすべて一郎と龍之介が抑えてくれたようだ。

有紗の耳に直接届くことはない。

「有紗、幸せになるんだよ」

有紗の父は目を潤ませている。

「龍之介くんと、子供たちと……。本当にあの時頑張ってよかったなぁ。あの時……」

それ以上は言葉にならないようである。有紗のそばへ来て涙を流した。

「お父さん、あの時、なにも言わずに子供たちを生むことに賛成してくれてありがとう。私、幸せになるね」

有紗の目からも涙が溢れた。子供たちを生むという決断はひとりで下したが、父がいなかったら乗り越えられなかった。

「お義父さん、一番大切な時を支えてくださり本当にありがとうございました」

龍之介が頭を下げる。

「有紗さんと結婚させてくださってありがとうございます。もう絶対に苦労はさせないと誓います。有紗さんと子供たちを必ず幸せにします」

改めて固く固く約束する。父が涙を拭って深々と頭を下げた。

「有紗と子供たちを、よろしくお願いします」

「じじ?」

「ママ~?」

ティッシュで涙を拭う有紗と、いつもと違う祖父を、双子が不思議そうに見比べていた。

りーんりーんと虫の音が聞こえる夜の庭園、その向こうに浮かび上がるライトアップされた大使館の建物を、有紗は手すりに手をついて眺めている。

少し火照った頬を、涼しい風が撫でるのが気持ちよかった。

「寒くないか?」

声をかけられて振り返ると、龍之介がテラスへ出てきていた。有紗のそばに来て有紗を後ろから包み込むように抱きしめた。

「大丈夫です」

背中の温もりを心地よく感じながら答えると、彼は髪に口づけを落とした。

ふたり夜空を見上げる。

「子供たちは……」

「ふたりとも……」

言葉がぶつかって、驚いて口を閉じる。

有紗はくすりと笑みを漏らした。こうやって夫婦ふたりきりの夜を過ごしていても考えることは同じである。

「もう寝たかな」

有紗が言うと、龍之介が答えた。

「さっき父さんからメッセージが入ってたよ。ふたりともぐっすりだって。今はお義父さんとふたりを見守りながら、部屋で飲んでるみたいだ」

その言葉に有紗はまたくすくすと笑った。

龍之介と有紗の父親は、ふたりとも早くに妻を亡くしたという共通点があるからか気が合うようで、顔合わせ以来直接やり取りするようになった。

一郎は、有紗の地元へ出張で行くようなことがあれば必ず父の定食屋で食べていくのだという。

有紗の父が上京した時は、ふたりで双子の面倒を見てくれることも多いから、すっかり四人は仲良しなのである。

結婚式の後双子を預かるから夫婦ふたりだけで過ごしては?と提案してくれたのも父たちで、今四人は、式を挙げたホテルにそのまま滞在中である。

有紗と龍之介はありがたくその提案を受け、今夜はル・メイユールで夫婦の時間を過ごしているというわけだ。

「父がお義父さんに、失礼なことを言ったりしてないか心配になる時もあるけど」

有紗にとって一郎は、義理の父であると同時に勤務先の社長でもあるのだ。その一郎と自分の父が友人のように付き合っているのは、嬉しいと同時に少しドキドキする。

「いや、どちらかというと、父さんがお義父さんに迷惑かけてないか心配だ。父さんはじめて友達ができたみたいに嬉しそうだから。……まぁ、気持ちはわからないでもないけど」

少し意味深な彼の言葉に有紗は首を傾げた。

「どういうこと?」

「俺も父さんも天瀬家の長男だからな。古いだけの家だけど、しがらみが多すぎる。

生まれた時から生きる道が決まっていて付き合う相手を決められていた」

その言葉に、有紗はいつかの日に千賀から聞いた話を思い出した。

利用しようと寄ってくる人を避けるため、友人も恋人も厳選しなくてはならなかったという話だ。

「まぁ、友人と呼べる人たちはいるけど、まったく会社と繋がっていないとは言い切れない。人と人として付き合えて気の合う相手は貴重……と、こういう言い方はお義父さんに失礼か？」

龍之介からの問いかけに有紗は首を横に振った。

「ううん。お父さんも、龍之介さんのお父さんがいい人でよかったって言ってた。気さくな人で驚いたって」

顔合わせの時はガチガチに緊張していたけれど、一郎の人柄に驚いているうちに、すぐに打ち解けたのだ。

「お父さんが作るものをなんでも美味しいって食べてくれるんだって。こっちに来る時は、いつも双子とお義父さんに手料理を振る舞うんだって張り切ってるもん。ありがたい」

数年前、手術を受けたのが嘘みたいにやる気に満ちて元気になった。

「ならいいけど」

そう言って龍之介は有紗を抱く腕に力を込めた。

「子供たちを大切に思ってもらえる人がいるのがありがたいな」

有紗はゆっくり振り返り龍之介と向かい合わせになる。こうしていると、いつかの夜にこのテラスではじめて彼の腕に包まれた時のことが頭に浮かんだ。

父親たちの勧めで今夜ふたりきりで過ごすことになった際、龍之介は、ならばル・メイユールに部屋を取ろうと言ったのだ。

シャワーを浴びて少しだけ湿った有紗の髪を龍之介が優しく撫でた。

「疲れてないか？　今日は一日中慣れない格好だったから大変だっただろう？」

確かに今日は疲れた。

着慣れないドレスや靴を身につけているというだけでなく、皆に注目され続けているという有紗にとって苦手な状況だったからである。ここへ到着して、メイクを落としパジャマに着替えてようやくホッとしたところである。

「皆さまに失礼のないようご挨拶できていたらいいけど……」

有紗が言うと龍之介が呆れたような声を出した。

「また有紗は……。それより君が綺麗なことに皆驚いていたよ。俺がずっと結婚しなかったのは、理想が高かったからなんだなと何人に言われたか」

「りそ……！　まさか！　龍之介さん、そんなお世辞本気にしちゃだめですよ」

結婚式だからこそのリップサービスを得意そうに口にする龍之介を、有紗は慌ててたしなめた。

「それに、今日の私がよく見えたのは、メイクとドレスのおかげですから。本当の私は、今みたいに地味な……」

そこで龍之介が、頬へのキスで有紗の言葉を遮った。

「メイクもドレスもなくても君は最高に綺麗だよ。理想が高かったわけではないが、会社のためにすべてを賭けて働いてきたから、ご褒美として最高の妻を迎えることができたのですと答えておいた」

「なっ……！　もう……そんなこと言うなんて。恥ずかしい」

有紗は頬を膨らませるが、龍之介は意に介さない。

「本当のことだろう」

有紗の顎に手を添えた。

「有紗、愛してるよ」

そして甘く口づける。

今日の日をここで過ごしたいと言った彼の気持ちが有紗にはわかるような気がした。

三年前、ふたりが別々の道を歩む前の最後の夜に過ごしたこの場所で。

やり直せるわけではないけれど……。

龍之介が額と額をくっつけて、至近距離から有紗を見つめた。

「有紗、ここで君と別れた後、二年間、君を思い出さない日はなかったよ」

「龍之介さん、私もです」

あの夜の出来事は、今も鮮明に頭に焼きついている。切なく思い出すことが多かったけれど、ふたりの宝物である双子を授かった幸せな場所でもある。

「過去は取り戻せない。それでもどうしても俺はここで君に言いたかった。有紗、愛してるよ」

「龍之介さん、私もあなたを愛しています」

そしてふたり固く固く抱き合う。

満天の星が、決して離れないという誓うふたりを温かく見守っていた。

了

あとがき

このたびは、『御曹司と再会したら、愛され双子ママになりまして～身を引いたのに一途に迫られています～【極甘婚シリーズ】』をお手に取ってくださりありがとうございました。お楽しみいただけましたでしょうか。

この作品は、憧れの街ベリが丘恋愛小説コンテストのシリーズ作品です。

コンテストのために作られた架空の街ベリが丘を舞台に、複数の作家さんが恋愛小説を書かれるという素敵な企画に、参加させていただけると聞いた時は、すごく嬉しかったです。そして書くのは、すごくすごく楽しかったです……！

私が普段お話の舞台とするのは現代日本の都内だというのがほとんどなのですが、私自身は地方に住んでいます。なので、いまひとつ街の感じがよくわからない。いつも四苦八苦しているのですが、今回はマップを見ながら、あっちへ行ってここでお話して……と、とても楽しく書きました！

読んでくださった皆さまも、マップを見ながらお読みいただけていたら嬉しいです。なにもかも揃っているベリが丘の街は素晴らしかったです～！

私もノースエリアに住みたいな！

さて、カバーイラストをご担当くださったのは、北沢きょう先生です。

私、北沢先生の描かれるヒーローが大好きです。今回も龍之介が素敵で素敵で素敵で……！　完成イラストを見た時は思わず「おー！」と声が出てしまいました。

双子もめちゃくちゃかわいくて！　お話の中に双子を登場させて本当によかったと思いました。北沢先生にカバーイラストを担当していただくのは三回目ですが、三回もご担当いただけた私はとっても幸運だなと思います。

北沢先生、ありがとうございました！

また、書籍化にあたりまして、サポートしてくださったご担当者さま並びに編集担当者さま、この本に関わってくださったすべての方に厚く御礼申し上げます。

そして最後になりましたが、私の作品を手に取ってくださる読者の皆さまに、厚く御礼申し上げます。私が作品を書き続けられるのは皆さまのお力に他なりません。

これからも楽しい作品をお届けできるよう頑張ります。

本当にありがとうございました。

皐月《さつき》なおみ

皐月なおみ先生への
ファンレターのあて先

〒104-0031
東京都中央区京橋1-3-1
八重洲口大栄ビル7F
スターツ出版株式会社　書籍編集部　気付

皐月なおみ先生

本書へのご意見をお聞かせください

お買い上げいただき、ありがとうございます。
今後の編集の参考にさせていただきますので、
アンケートにお答えいただければ幸いです。

下記URLまたは二次元コードから
アンケートページへお入りください。
https://www.ozmall.co.jp/enquete/IndexTalkappi.aspx?id=2301

御曹司と再会したら、愛され双子ママになりまして
～身を引いたのに一途に迫られています～
【極甘婚シリーズ】

2024年6月10日　初版第1刷発行

著　者　皐月なおみ
©Naomi Satsuki 2024

発行人　菊地修一

デザイン　hive & co.,ltd.

校　正　株式会社文字工房燦光

発行所　スターツ出版株式会社
〒104-0031
東京都中央区京橋1-3-1　八重洲口大栄ビル7F
TEL　03-6202-0386（出版マーケティンググループ）
TEL　050-5538-5679（書店様向けご注文専用ダイヤル）
URL　https://starts-pub.jp/

印刷所　大日本印刷株式会社

Printed in Japan

乱丁・落丁などの不良品はお取替えいたします。
上記出版マーケティンググループまでお問い合わせください。
定価はカバーに記載されています。

ISBN 978-4-8137-1591-7　C0193

ベリーズ文庫 2024年6月発売

『御曹司と再会したら、愛され双子ママになりまして～身を引いたのに一途に迫られています～【極甘婚シリーズ】』皐月《さつき》なおみ・著

双子のシングルマザー・有紗は仕事と育児に奔走中。あるとき職場が大企業に買収される。しかしそこの副社長・龍之介は2年前に別れを告げた双子の父親で…。「君への想いは消えなかった」――ある理由から身を引いたはずが再会した途端、龍之介の溺愛は止まらない！　溢れんばかりの一途愛に双子ごと包まれ…！

ISBN 978-4-8137-1591-7／定価781円（本体710円＋税10%）

『鉄仮面CEOの溺愛は待ったなし！～"妻業"始めたはずが、旦那様が甘やかし過剰です～』にしのムラサキ・著

世界的企業で社長秘書を務める心春は、社長である玲司を心から尊敬している。そんなある日なぜか彼から突然求婚される！　形だけの夫婦でプライベートも任せてもらえたのだ！と思っていたけれど、ひたすら甘やかされる新婚生活が始まって⁉　「愛おしくて苦しくなる」冷徹社長の溺愛にタジタジです…！

ISBN 978-4-8137-1592-4／定価792円（本体720円＋税10%）

『望まれない花嫁に愛満ちる初恋婚～財閥御曹司は想い続けた令嬢をもう離さない～』吉澤紗矢《よしざわさや》・著

幼い頃に母親を亡くした美紅。母の実家に引き取られたが歓迎されず、肩身の狭い思いをして暮らしてきた。借りた学費を返すため使用人として働かされていたある日、旧財閥一族である京極家の後継者・史輝の花嫁に指名され…⁉　実は史輝は美紅の初恋の相手。周囲の反対に遭いながらも良き妻であろうと奮闘する美紅を、史輝は深い愛で包み守ってくれて…。

ISBN 978-4-8137-1593-1／定価781円（本体710円＋税10%）

『100日婚約なのに、俺様パイロットに容赦なく激愛されています』藍里《あいさと》まめ・著

航空整備士の和葉は仕事帰り、容姿端麗でミステリアスな男性・慧に出会う。後日、彼が自社の新パイロットと発覚！エリートで俺様な彼に和葉は心乱されていく。そんな中、とある事情から彼の期間限定の婚約者になることに⁉　次第に熱を帯びていく彼の瞳に捕らえられ、和葉は胸の高鳴りを抑えられず…！

ISBN 978-4-8137-1594-8／定価803円（本体730円＋税10%）

『愛を秘めた外交官とのお見合い婚は甘くて熱くて焦れったい』Yabe・著

小料理屋で働く小春は常連客の息子で外交官の千隼に恋をしていた。ひょんなことから彼との縁談が持ち上がり二人は結婚。しかし彼は「妻」の存在を必要としていただけと聞く…。複雑な気持ちのままベルギーでの新婚生活が始まると、なぜか千隼がどんどん甘くなって⁉　その溺愛に小春はもう息もつけず…！

ISBN 978-4-8137-1595-5／定価770円（本体700円＋税10%）

ベリーズ文庫 2024年6月発売

『気高き不動産王は傷心シンデレラへの溺愛を絶やさない』晴《はる》日《ひ》青《あお》・著

OLの律はリストラされ途方に暮れていた。そんな時、以前一度だけ会話したリゾート施設の社長・悠生が現れ「結婚してほしい」と突然プロポーズをされる！しかし彼が求婚をしてきたのにはワケが合って…。愛なき関係だとバレないために甘やかされる日々。蕩けるほど熱い眼差しに律の心は高鳴るばかりで…。

ISBN 978-4-8137-1596-2／定価770円（本体700円＋税10%）

『虐げられた芋虫令嬢は女嫌い王太子の溺愛に気づかない』やきいもほくほく・著

守護妖精が最弱のステファニーは、「芋虫令嬢」と呼ばれ家族から虐げられてきた。そのうえ婚約破棄され、屋敷を出て途方に暮れていたら、女嫌いなクロヴィスに助けられる。彼を好きにならないという条件で侍女として働き始めたのに、いつの間にかクロヴィスは溺愛モード!?　私が愛されるなんてありえません！

ISBN 978-4-8137-1597-9／定価792円（本体720円＋税10%）

ベリーズ文庫 2024年7月発売予定

Now Printing

『欲しいのは、君だけ　エリート外交官はいつわりの妻を離さない』佐倉伊織《さくらいおり》・著

都心から離れたオーベルジュで働く一華。そこで客として出会った外交官・神木から3ヶ月限定の"妻役"を依頼される。ある政治家令嬢との交際を断るためだと言う神木。彼に惹かれていた一華は失恋に落ち込みつつも引き受ける。夫婦を装い一緒に暮らし始めると、甘く守られる日々に想いは膨らむばかり。一方、神木も密かに独占欲を募らせ溺愛が加速して…!?

ISBN 978-4-8137-1604-4／予価748円（本体680円＋税10%）

Now Printing

『タイトル未定（パイロット×お見合い婚）』田崎《たさき》くるみ・著

呉服屋の令嬢・桜花はある日若き敏腕パイロット・大翔とのお見合いに連れて来られる。断る気満々の桜花だったが初対面のはずの大翔に「とことん愛するから、覚悟して」と予想外の溺愛宣言をされて!?　口説きMAXで迫る大翔に桜花は翻弄されっぱなしで…。一途な猛攻愛が止まらない【極甘婚シリーズ】第三弾♡

ISBN 978-4-8137-1605-1／予価748円（本体680円＋税10%）

Now Printing

『タイトル未定（ホテル王×バツイチヒロイン×偽装恋人）』高田《たかだ》ちさき・著

夫の浮気によってバツイチとなったOLの伊都。恋愛はこりごりと思っていたある日、ホテル支配人である恭也と出会う。元夫のしつこい誘いに困っていることを知られると、彼から急に交際を申し込まれて!?　実は恭也の正体は御曹司。彼の偽装恋人となったはずが「俺は君を離さない」と溺愛を貫かれ…！

ISBN 978-4-8137-1606-8／予価748円（本体680円＋税10%）

Now Printing

『タイトル未定（心臓外科医×契約夫婦）』緒莉《おり》・著

小児看護師の佳菜は病気の祖父に手術をするよう説得するため、ひょんなことから天才心臓外科医・和樹と偽装夫婦となることに。愛なき関係のはずだったが──「まるごと全部、君が欲しい」と和樹の独占欲が限界突破！　とある過去から冷え切った佳菜の心も彼の溢れるほどの愛にいつしか甘く溶かされていき…。

ISBN 978-4-8137-1607-5／予価748円（本体680円＋税10%）

Now Printing

『契約結婚か　またの名を脅迫』山野辺《やまのべ》りり・著

OLの希実が会社の倉庫に行くと、御曹司で本部長の修吾が女性社員に迫られる修羅場を目撃！　気付いた修吾から、女性避けのためにと3年間の契約結婚を打診されて!?　戸惑うも、母が推し進める望まない見合いを断るため希実はこれを承諾。それは割り切った関係だったのに、修吾の瞳にはなぜか炎が揺らめき…！

ISBN 978-4-8137-1608-2／予価748円（本体680円＋税10%）

タイトル、価格等は変更になることがございますのでご了承ください。